四川
方志

方志四川

四集电视纪录片文本

汪毅 著

国家图书馆出版社

图书在版编目（CIP）数据

方志四川：四集电视纪录片文本 / 汪毅著.—北京：国家图书馆出版社，2014.11

ISBN 978-7-5013-5477-1

Ⅰ.①方… Ⅱ.①汪… Ⅲ.①纪录片—解说词—中国—当代②四川省—地方志 Ⅳ.①I235.1②K297.1

中国版本图书馆CIP数据核字（2014）第231085号

书　　名　**方志四川——四集电视纪录片文本**

著　　者　汪　毅　著
责任编辑　张爱芳
助理编辑　李精一
装帧设计　九雅工作室

出　　版　国家图书馆出版社（100034　北京市西城区文津街7号）
　　　　　（原书目文献出版社　北京图书馆出版社）
发　　行　（010）66114536　66126153　66151313　66175620
　　　　　66121706（传真），66126156（门市部）
E-mail　　cbs@nlc.gov.cn（邮购）
Website　www.nlcpress.com→投稿中心
经　　销　新华书店
印　　装　北京信彩瑞禾印刷厂
版　　次　2014年11月第1版　2014年11月第1次印刷

开　　本　710×1000毫米　1/16
印　　张　12
字　　数　150千字

书　　号　ISBN 978-7-5013-5477-1
定　　价　68.00元

目　录

醇香世界（上）

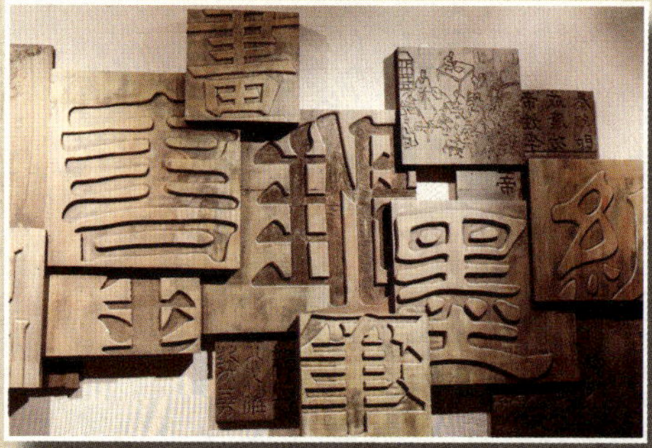

【片头】片名：方志四川；出品单位：四川省地方志编纂委员会

【画面】九寨沟，黄龙，峨眉山，青城山，都江堰，乐山大佛，三星堆，武侯祠，大熊猫，川剧，川酒，川茶及其特色志；朱德，邓小平，郭沫若，巴金，张大千等人物及《四川省志·人物志》（特写）；《四川省志》综合展示的社会、经济、科技等方面的画面；国家方志馆，中国国家图书馆方志馆（四川方志藏书），美国、日本有关大学图书馆（四川方志藏书），四川方志馆，《四川历代旧志目录》《四川历代旧志提要》《四川历代方志集成》《四川方志简编》《四川通志稿》，常璩、陈寿、司马相如、宋育仁等塑（画）像中推出片名"方志四川"

【片名】醇香世界（上）

【画面】三星堆、金沙遗址及其盛酒器具，汉砖上的酿酒图，古老酒窖，剑南春万吨陶坛库，五粮液、剑南春、泸州老窖、郎酒生产线交

汉砖上的酿酒图

战国时期的提梁壶（古蜀人使用的盛酒器）

替形成连绵的酒河，《华阳国志》（明嘉靖刻本、清嘉庆题襟馆刻本）、《四川通志》《四川盐法志》等旧志书、清代志书印版等（交替叠加），随酒河流淌而呈现一片诗情画意

【字幕】1949年10月1日前　巴蜀大地

【解说】

巴蜀大地，钟灵毓秀。郁郁葱葱的山林，讲述着它的钟灵；蜿蜒奔腾的江河，流淌着它的毓秀。

巴蜀的先民，就是在这方生长着希望和美丽的土地上，耕耘着生活，种植着文明，收获着快乐，憧憬着未来，让历史教科书的一页又一页叠加着鲜活，让文明的植被一层又一层覆盖着厚重。

【画面】《四川历代旧志提要》《四川历代旧志目录》《四川历代方志集成》《四川方志简编》（影印）（特写），旧方志书影

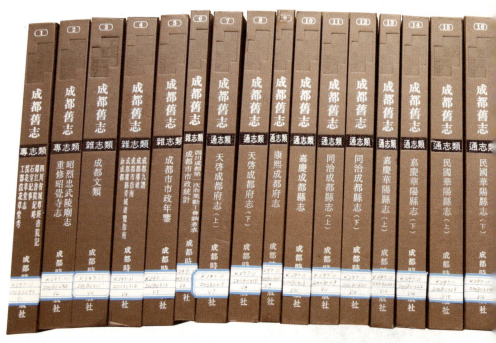

成都市地方志编纂委员会、四川大学历史地理研究所整理的《成都旧志》（全16册）（成都时代出版社，2007年12月）

四川省地方志编纂委员会整理编辑的
《四川历代方志集成》（24册，出版中）

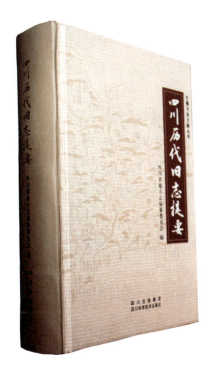

四川省地方志编纂委员会编辑的《四
川历代旧志提要》（四川科学技术出版
社，2012年12月）

【解说】

乔乔之木，必有其根；浩浩之水，必有其源。

浩瀚历史，必有记录；在国为史，在方为志。

方志亦称地方志。其中的"方"，是指其一定的区域；其中的"志"，是指其特殊的记录，上自天文，下至地理，以及人们的种种活动都包括在内。它横陈百科，为"一方之全史"，是中华民族独有的一种地域文化载体。有关地域历史的诸多疑问，有关东方文化的若干密码，都可以在其中破译，甚至从中找到自己的根基，增强"我从哪里来"的底气。故自古以来，有"治天下者，以史为鉴；治郡国者，以志为鉴"之说。

"一邑之典章文物，皆系于志。"是的，四川方志堪称记录巴蜀文明发展史最结实的一环，也是巴蜀地情最重要的一章。

【画面】《中国地方志集成·四川府县志辑》《四川大学图书馆藏地方志目录》《四川大学图书馆馆藏珍稀四川地方志丛刊》《四川省地方志联合目录》等（掠影）

【采访】四川省地方志编纂委员会领导

地方志是一种独特的记忆方式。正是因为它记载了一个地方的天时、地利、人文，故魅力十足、神奇十分，印证了世界著名科技史学者、英国李约瑟先生的著名论断："古代罗马，乃至英国，都没有与中国地方志相比拟的地方文献。"

【采访】胡昭曦　四川大学图书馆原馆长，教授

方志之所以成为"一方之全史"，是由其分类科学所决定的。从疆（区）域划分而言，它分一统志（国志）、通志（省志）、郡县志（市、县志）等；从类型而言，它分若干专志，即山水志、风物志、祥异志、田赋志、碑碣志、兵防志、古迹志、人物志、名宦志、艺文志、杂类志等。

【画面】北京文津街中国国家图书馆方志馆、中国社会科学院图书馆地方志收藏中心、中国地方志指导小组（以下简称"中指组"），国家方志馆所藏旧志（掠影），浙江天一阁藏明代四川方志

【解说】

在中华文明发展史上，志书可谓奇葩一朵、心香一瓣。它的出现虽不极古，但颇有历史，代有记载。志书发轫之初，被称为地志、地记、图经等，所记载内容严格地说为"地理志"。

岁月沧桑，沧海桑田。这些志书虽然不少随风淡淡而去，但它依然不乏风雷过耳的回响轰鸣，让我们心灵一次又一次澎湃感动，让我们情感一次又一次掀动如潮，让我们感受其魅力和文明创造的不易。我们古代先贤集体创作的《山海经》，便是其中伟大的一部。

【画面】《周官》《禹贡》《山海经》（掠影），《山海经》及其有关记
　　　　载在东逝的江水中起伏

【采访】彭静中　文化学者

在追溯中国方志源流《周官》《禹贡》《山海经》时，我们不能不格外地说到《山海经》。

《山海经》堪称中国先秦古籍中最为奇特的一部书。它奇在内容的博杂，几乎囊括了远古时代的一切，但突出体现的却是地理和神话传说。它还奇在成书过程竟长达三百年，也就是从战国初年到西汉初年。在此过程中，自然是"众手成书"。

《山海经》全书18卷，3万余字，记载了古代巴、蜀和楚国等邦国的地理状况和风土、民情、物产、祭祀、巫医、神祇、怪异等内容。从其文风和所记山川位置的确切度去考察，不难发现它是我们古巴蜀（包括湖北）先贤所著。关于这个问题，著名学者蒙文通有宏文论证。

【采访】马国栋　四川省地方志编纂委员会原副处长，副编审

《山海经》对于方志形成的影响，是客观存在的。从体例看，《山海经》是按地域展开的一种"横向的记述"，这正是后世方志体例的主要特点；从内容看，主要记述各地山水地理、物产风俗等内容，只是在记述各地情况时附带记述巫术与神话传说等，仍然是以地理方面的内容为主，其地方情况多方面的记述，对方志的记述范围，不乏启发。

（请具体介绍《山海经》与四川）

【画面】先秦蜀地山川、人文（动画），蒙文通《略论〈山海经〉的写作
　　　　时代与产生地域》《再论昆仑为天下之中》，《山海经》"以蜀
　　　　为天下之中，蜀人书也"（特写）

【解说】

　　《山海经》虽称不上定型意义的志书，但却是最早的地志之一，可与
《周官》《禹贡》相提并论。历代史家对其多有校注、笺疏、译释等。今
天，虽然我们无法对《山海经》的作者群作详尽考证，但能想象其成书的
艰辛与"三百年间"著者的天马行空和人文情怀。

　　大江东逝，逝者如斯。《山海经》版本虽然如东逝流水，离我们渐行
渐远，但仍波浪留痕，令我们因许多遐想而深深感慨：四川，中国方志的
发源地之一。

【画面】四川方志馆、四川省图书馆、四川省档案馆、四川大学古籍所及
　　　　图书馆旧志成果，成都石室中学文翁塑像、《石室中学校志》文
　　　　翁介绍，左思《蜀都赋》，《华阳国志》"蜀学比于齐鲁"（掠
　　　　影或特写）

【解说】

　　四川为著述之林，人才济济，文章大雅，史有"文宗在蜀"之说。
翻阅《汉书》时，我们便可以看到"蜀地学于京师者比齐鲁焉"的记载，
即将四川在京的求学人数与出了圣人孔子和孟子的齐鲁相提并论。晋代赋
家左思在《蜀都赋》中感慨："江汉炳灵，世载其英。蔚若相如，皭若君
平；王褒晔晔而秀发，扬雄含章而挺生。幽思绚道德，摛藻掞天庭。考
四海而为俊，当中叶而擅名。"常璩在《华阳国志》卷三和卷十中更是热
忱礼赞："学徒鳞萃，蜀学比于齐鲁。"明代何宇度亦说："蜀之文人才
士，每出，皆表仪一代，领袖百家。"当代文化学者于丹更是惊诧"自古
名人皆入蜀，蜀中才子蜀外扬"的文化现象。

　　其实，当寻根溯源于巴蜀史志，我们可以从中找到一些答案和其间
的某些联系。对于四川人来说，如数家珍的除《山海经》之外，还有司
马相如的《蜀本纪》、严君平的《蜀本纪》、扬雄的《蜀王本纪》《方

言》、李尤的《蜀记》、谯周的《天文志》《灾异志》《蜀本纪》《三巴记》《地记》《成都异物志》《益州志》、陈寿的《三国志》《益都耆旧传》、常璩的《华阳国志》、袁休明的《巴蜀志》、曹学佺的《蜀中广记》等，可谓林林总总、蔚为大观。虽然其中若干志书在历史进程中散佚和受损，但这并不影响我们曾经的拥有和对四川悠久修志历史的价值判断，以及对"文宗在蜀"概念的判断。

【画面】古顺庆府（动画），《南充市志·人物》《南充专区志略·人物传略》关于谯周、陈寿介绍（特写），陈寿塑像

位于四川省南充市的
《三国志》作者陈寿塑像

【解说】

　　顺着时光的通道一路而下，我们欣喜地把目光聚焦在另一部伟大的著作上，那就是陈寿的《三国志》。

【采访】夏建平　南充市地方志办公室主任，四川省地方志学会副会长

　　陈寿生于西晋巴西安汉，也就是今天的南充。陈寿的老师谯周是蜀国著名的天文学家和史志学家，堪称一代饱学之士。谯周勤奋好学，其"诵读典籍，欣然独笑，以忘寝食"的故事，使我们的历史有了"谯周独笑"的典故。

　　陈寿与谯周一脉相承，少好学并有志于史学，故《晋书·陈寿传》评价说他"善叙事，有良史之才"。

【画面】万卷楼，《旧唐书》介绍万卷楼，《南充专区志略·名胜古迹》
　　　　介绍万卷楼：万卷楼在南充市西山甘露寺岩上，是陈寿读书、著书处。《旧唐书》说"万卷楼"在南充县西果山上，可见楼修筑在唐代以前。陈寿是西晋时（260年左右）南充人，所著《三国

位于四川省南充市的万卷楼

志》和司马迁的《史记》、班固的《汉书》、范晔的《后汉书》齐名，号称"四史"。他是我国历史上著名的文史学家，所以历代对他在家乡读书的地方都很尊重。甘露寺在万卷楼下面，是唐代为陈寿而添修的。寺后便是有名的果山。

【采访】夏建平

万卷楼颇有名响，《旧唐书》中便有记载。

今天，我们登楼临风，让满满思绪穿越时空隧道以对接千年往事，以叩问一路走来的历史，真的是感慨万千。

万卷楼的修建，也是我们的感慨之一。它体现了人们对陈寿这位良史之才的敬重，更体现了后人对历史的敬畏。

（请其讲述陈寿著述《三国志》的故事）

【解说】

陈寿所著《三国志》分《魏书》《蜀书》《吴书》，重点叙述了东汉末和三国时代的历史，为纪传体史学名著，史学界将此与《史记》《汉书》《后汉书》合称"四史"。至北宋咸平六年即1003年，魏蜀吴三书合而为一，始改称《三国志》，一直至今。

【画面】《三国志》（明万历年间南京国子监刻本）、《三国志》（裴松之注刻本）

【解说】

《三国志》虽然以志命名，但却主要是写史。从志的角度考察，其影响虽不及之后的《华阳国志》，但它却因是罗贯中创作《三国演义》的母本而蜚声华夏。

电视剧《三国演义》的主题曲《滚滚长江东逝水》，人们耳熟能详；罗贯中笔下蜀国的刘备、关羽、张飞，人们津津乐道。其实，这若干史事皆源自《三国志》，只是罗贯中将它演义化了。

【画面】《三国志·蜀志》（特写），武侯祠，《武侯祠志》，诸葛亮塑像、三义庙

【解说】

陈寿完成《三国志》用时长达10年之久，可谓"十年磨一剑"。其中，《蜀书》内容说的就是四川的事。

在书中，表现出陈寿对品题人物的浓厚兴趣。他认为，刘备是英雄，诸葛亮是奇才，关羽、张飞是虎臣。由此，万世师表的诸葛亮名垂宇宙，让人高山仰止；刘、关、张的英雄故事丰富了《三国演义》的想象，让四川成为三国文化的重要一章。自然，《三国志》这部古籍广为流布，影响后世。

【画面】崇州常璩广场、常璩塑像

【解说】

当时光老人步履蹒跚，从西晋走到东晋，一部不以地名而以"国"命名的志书诞生了，而且与巴蜀社会关系密切。它，就是常璩的《华阳国志》。

【画面】《四川省志·人物志》《崇州市志·人物》关于常璩介绍（特写）

【采访】张伯龄　成都崇州市地方志办公室原主任，副编审

常璩，他的名字雷响巴蜀大地，震撼方志中国，让方志的天空香气弥漫，具有五粮佳酿的绵长醇香。

"如鉴如衡千秋笔，求真求是百代师。"常璩，一代志家之独唱。对这位乡贤，这位志写春秋的尊者，家乡人心存敬仰，崇州市政府在城市街头修建了常璩广场，塑起了巍巍铜像。

（请其讲述修建常璩广场、塑常璩铜像的故事）

【画面】崇州街子古镇，华阳国志馆，常璩铜像，《华阳国志》

【采访】张伯龄

常璩是中国志坛上颇有讨论意义的方志学家。为了更好地研究他，家乡人不仅重印出版了《华阳国志》，而且还在崇州街子古镇修建了华阳国志馆。在这里，我们能感受到中国方志的气息。

【画面】崇州江源镇，江水东流，茶园；黄剑华手执《〈华阳国志〉故事新解》在江源，《〈华阳国志〉故事新解》（特写）

【解说】

江源，是一个地理感十足的地名。或许是天人感应，苍天竟把方志学

位于四川省崇州市的《华阳国志》作者常璩铜像

常璩，字道将，蜀郡江原县人，少事李氏，李氏亡乃归晋。常氏世为蜀中望族，族人多以文章显，而璩最称杰出，自司马相如以降，纪蜀史者凡七八家，皆未能尽善，璩乃博孜众说，裁成华阳国志一书，攻方志者，奉为鼻祖。

《四川方志简编》介绍常璩

家有机地与之联系。因此，当踱步在常璩童年和少年生活的地方，我们解读的一个主题便是：江源，你铸就了一代方志学家常璩的秉性；江源，你为方志四川流传了一个又一个美丽的故事；江源，你默默承载了方志中国的精华。

【采访】黄剑华　历史文化学者，研究馆员

（请其讲述常璩自幼喜读古籍和影响常璩立志做志家的故事以及《华阳国志》与国学）

【画面】晋代成都（动画），常璩纂修《华阳国志》，华阳国志馆"抄志坊"（情景再现），《华阳国志》书影

【采访】张伯龄

在历史上，并无"华阳国"建置。《华阳国志》中的"华阳"，其实是一个地理、区域概念，即指华山之南的古巴蜀等区域。

《华阳国志》原名《华阳国记》，计12卷，附录一卷，记事始于上古，述及巴、蜀、南中、汉中等地；记人有公孙述、刘二

牧、蜀汉先后二祖等的兴废嬗替。内容涵盖了西汉以来梁州、益州（今成都）、宁州的地理、人物史料等，所列条目有地理志、人物传等，堪称记载蜀汉及晋代史最为翔实的志书。自然，这一部非常重要的地方志书，成为研究古代巴蜀人文历史学者的案头必备。

【解说】

著立华阳，名满志坛。在中国修志史上，常璩堪称才高八斗、学富五车。他的至伟贡献在于：以如椽之笔，为方志中国留下了一笔富可敌国的财富——《华阳国志》。该志肯定了"蜀学比于齐鲁"的观点，佐证了"文宗在蜀"的概念。多年来，对它的研究云卷云舒，成果累累。

【画面】《华阳国志·巴志》《华阳国志·蜀志》《华阳国志·后贤志》
（特写），任乃强《〈华阳国志〉校补图注》，刘琳《〈华阳国志〉校注》，汪启明、赵静《华阳国志〈译注〉》，刘重来《常璩与〈华阳国志〉》，刘重来、徐适端主编《〈华阳国志〉研

位于成都崇州街子古镇的华阳国志馆

华阳国志馆常璩修《华阳国志》情景再现

究》，黄剑华《〈华阳国志〉故事新解》等版本，葛剑雄《史志
瑰宝 巴蜀之光》等文章，华阳国志馆历代名家对《华阳国志》
论述（特写）

【采访】刘琳 四川大学教授

（请其介绍《华阳国志》内容和研究情况，详见刘重来、徐适端主编
《〈华阳国志〉研究》一书）

【画面】《华阳国志·序》方志功能"达道义，章法戒，通今古，表功
勋，旌贤能"（特写）

【解说】

问渠那得清如许，为有源头活水来。"达道义，章法戒，通今古，
表功勋，旌贤能"这15个字，今天看来不足为奇，但它的含金量甚高，
阐释了方志的功能，堪称方志理论的源头。它的提出具有划时代意义，

华阳国志馆常璩铜像

成为《华阳国志》享有"中国方志初祖""中国方志之王"盛誉的理由之一。

《华阳国志》的内容以历史、地理、人物为经，其体裁以地理志、编年史、人物传为纬，体例近乎完备，开中国方志先河，对后世产生了极大影响，意义诚如《红楼梦》之于古典文学，《史记》之于传统史学，《水经注》之于古代地学。

《华阳国志》不仅备受历代史（志）家的推崇，而且促进了中华修志文明的代代赓续，堪称中国传统文化的经典之一。

【画面】《华阳国志》（明、清、民国版本）（掠影）

【解说】

《华阳国志》历来为人们所重视，宋代始便有两种木刻刊版印行，明清至民国计有19种，足见其影响和地位。遗憾的是，宋本《华阳国志》因

《华阳国志》（明代嘉靖刘大昌刻本，荣宝斋出版社，2012年10月）

战乱兵燹而化为灰烬。尽管如此，其版本数量亦为多数古籍所不及。

【画面】崇州街子古镇，字库塔刹

【解说】

　　也许是对常璩的尊崇，也许是对《华阳国志》的敬畏，常璩故乡的乡亲不仅追寻"敬惜字纸"之风，而且张扬"惜字得福"之说。他们以佛塔为基本形制，在街子古镇修筑了状为六角的五级攒尖楼阁字库，以收存先贤字纸。该塔平地而起，镂空雕塑，为川西地区仅存的精美字库。在这里，我们遐想万千：或许常璩《华阳国志》的手稿就存于此，还有倾注他心血而被焚烧的一次又一次勾勾抹抹的草稿。

【画面】现代成都，都江堰，成都市地方志办公室，《华阳国志》（重印题襟馆版本）及傅勇林序言（特写）

【字库简介】
Wastepaper Library

字库是收存和焚烧字纸的专用设施，沿自古人有"敬惜字纸"之风，"惜字得福"之说。街子字库建于清咸丰二年（1852年），六角五级攒尖楼阁式，通高20米，借用佛教塔的基本型制，砖石中空结构。外壁浮雕刻绘《白蛇传》片断和山水花卉。为川西地区仅存的精美字库，彰显出街子人崇文尚雅的精神追求。

崇州街子字库简介

【解说】

《华阳国志》对李冰修都江堰、凿离堆、穿成都二江之事记载尤其翔实。正是因为这部志书，使因都江堰水利工程灌溉而富庶繁荣的成都天府之国的美名传遍天下，使西南地区优美的自然风光为外界所知，甚至使都江堰成为今天的著名景点。作为常璩故乡的成都，作为市政府地方志工作机构的成都市地方志办公室，自然对《华阳国志》情有独钟，拓展有序。

崇州街子字库塔刹

【采访】成都市地方志编纂委员会领导

重印《华阳国志》的意义，在于通过它穿越时空隧道，寻觅到现代成都发展的轨迹。

（请其介绍现代成都与《华阳国志》的联系，以及《华阳国志》古籍刊本重印意义）

【画面】成都琴台路，司马相如塑像，驷马桥

【采访】谭继和　四川省历史学会会长，《四川省志》审核委员会成员，教授

在浩瀚的四川志书中，颇令人感慨的还有汉代司马相如著的《蜀本纪》。这一部书应该是四川的第一部通志，可惜散佚殆尽。今天，虽然我们已无法目睹到这位汉赋大家的春秋手笔，但仍能想象它的精彩。

【采访】胡昭曦

唐代四川修纂的方志类著作主要是图经，但均散佚，仅在部分古籍中存录，如《嘉州图经》《雅州图经》《丹棱图经》《新津县图经》等。

【采访】马国栋

如果说志书的雏形在唐代仍以地理志为主，以《元和郡县图志》为代表；那么宋代却是方志的定型期，颇具代表的当推北宋和南宋时分别所编的《长安志》和《临安志》。前者，堪称最早的古都志，着重记述了唐代旧都，并上溯汉以来长安及其附属县的情况。后者，各方面都合于之后志书的条件：一是记录一个地方的天时地理人文；二是题名标出一个地方，名称确定为志；三是所谓官修，即由地方政府所修，也就是我们常说的

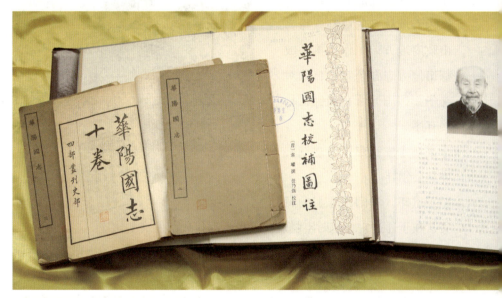

《华阳国志》与《华阳国志校补图注》

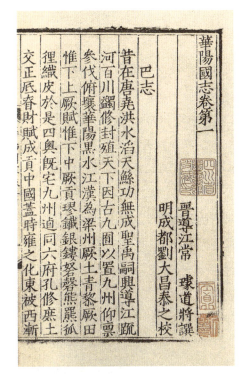

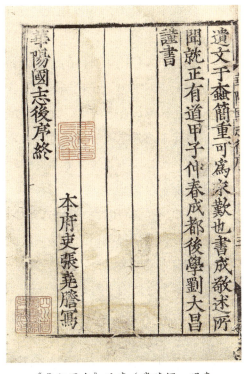

《华阳国志》卷一（常璩撰，明嘉靖刘大昌刻本）

《华阳国志》后序（常璩撰，明嘉靖刘大昌刻本）

"官书"，颇能体现"治郡国者，以志为鉴"的传统。

【画面】《广陵志》及其序言："存史、资治、教化"（特写）

【解说】

志书定型的标志之一，在于对方志功能理论的定位和编修方法的提出。

在《广陵志·序》中，宋代郑兴裔提出志书有"存史、资治、教化"的功能。明清以后，普遍将志书功能解释为"资治、存史、教化"，以资治为首。

南宋景定年间，周应合在所纂《景定建康志》中，提出"定凡例，分事任，广搜访，详参订"的编修方法，沿用至今。

【采访】王嘉陵　四川省图书馆副馆长，研究馆员

到了宋代，特别是南宋，方志体例较为完备，一时官修志书风生水起，渐成主流。

至于宋代四川所修的志书，如《成都志》《南平志》《涪陵志》《富顺志》《广安志》《长宁志》《夔州志》《嘉定志》及《剑州图经》《普州图经》等，皆已散失，只能在其他文献著录中目睹它们的身影了。

【画面】北京元大都城垣遗址，元代城墙，蒙古铁骑，《大元大一统志》目录，教育部第二次全国美术展览会展品目录及封面

【解说】

四川在元代时修志不多，原因是四川抗元激烈，纳入元朝版图很晚。然而，为记录日益扩大的疆域版图，体现国家意志和官修权威，元代雄心勃勃编修了《大元大一统志》。

【采访】滕伟明　历史文化学者，研究员

所谓"一统志"，即封建王朝由官方组织编纂、审定认可并发行的内容涵盖全国性的地理类志书。

说到一统志，不能不说到元世祖忽必烈。这位一代天骄成吉思汗的后裔，执政时间长达31年，为元代历任皇帝之最。他不仅能征善战，识得"弯弓射大雕"，而且文心志胆，竟于至元二十二年，也就是1286年准奏命编纂《大元大一统志》，开了中国编纂一统志的先河。

【解说】

《大元大一统志》规模宏大，堪称元代文化的主要成就之一。虽然历经沧桑，《大元大一统志》几近散佚，但却影响了明、清两代所编修的一统志，而且促进了各省通志和郡县志的编纂，体现了官修志书的重大特点，使明代逐步形成"今天下自国史外，郡县莫不有志"的格局。

【画面】北京明、清古城墙，《大明一统志》目录（特写）及万寿堂刻本，明永乐十年（1412）、十六年（1418）分别颁降的《修志凡例》《纂修志书凡例》

【解说】

在"明朝那些事儿"中，值得一提的是永乐十年，也就是1412年，明

成祖朱棣颁降了一道圣旨：《修志凡例》（16条）。6年之后，这位皇帝又降旨一道，即由朝廷颁布《纂修志书凡例》。

一统志而下，涵盖一个广阔区域的志书，首推明代正德、嘉靖、万历年间所刻印的《四川总志》。

【画面】明代的成都（动画），《四川总志》《四川通志》等著作书影和论文

【采访】王嘉陵

（请其介绍明代四川志书的编纂情况和特点，重点介绍明永乐十年颁降的《修志凡例》、明正德十三年刻印的《四川总志》，略介绍明天启元年的《成都府志》刻本）

【解说】

明代数度纂修《四川总志》，存刻本多种。一是熊相领衔纂修的《四川总志》，计37卷，明正德十三年（1518）刻嘉靖增补本。它虽然不乏局限，但却是第一部以"四川"冠名的方志。一是刘大谟、杨慎等修，王元正等纂，周复俊、崔廷槐重编的《四川总志》，计80卷，明嘉靖二十四年（1545）刻本。该刻本尤重艺文，书中的《全蜀艺文志》竟达63卷。一是虞怀忠等修、郭棐等纂的《四川总志》，计34卷，明万历九年（1581）刻本。一是吴之皞修、杜应芳等纂的《四川总志》，计36卷，明万历四十七年（1619）刻本。

【画面】《泸州志》《蓬州志》《嘉州志》《内江县志》等

【采访】彭静中

明代纂修的州县志甚多，历历可数，甚至一些州、县志多次纂修，如《嘉州志》作为州志，创造了4修的纪录；《内江县志》作为县志，创出了6修的纪录，对后世不乏影响。

（请其介绍明代四川州、县志编修的情况及相关故事）

【画面】康熙、乾隆盛世，修志（情景再现），《大清一统志》

【解说】

清代的康熙、乾隆时期，史称盛世，修志高峰迭起，创修、新修、重

修、增修、续修五彩纷呈，体现了一个帝国的气派。

有文韬武略之称的康熙，执掌天下61年，为清代皇帝之最。他算得上大气派、大手笔，竟诏令天下纂修《大清一统志》。

雍正皇帝虽然执掌江山社稷只有13年，但在倡导修志方面却不逊其父康熙。为加快编修《大清一统志》的进度，他不惜檄催天下。他还诏令督修省志，甚至编修郡（州）县志，并要求各地设通志局，算得上盛极一时。

嘉庆皇帝亦不输先帝，敕令修《大清一统志》。

这就是历史上所说的清代三修《大清一统志》。

【画面】《四川总志》（清康熙版本）、《四川通志》（清雍正版本）、
　　　　《四库全书》（清乾隆版本）

【采访】谭继和

正是因为清代三修《大清一统志》，全国各地普修志书如同雨后春

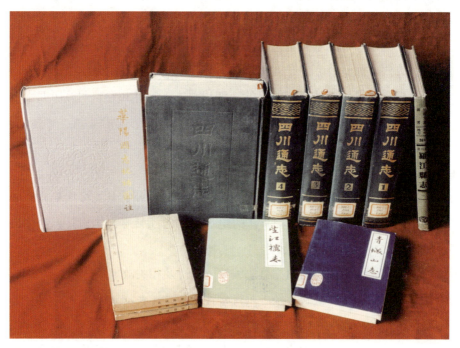

《四川通志》等志书

清嘉庆《四川通志》封面　　　　　　　　　重修《四川通志·序》

笋。清代纂修的《四川总志》或《四川通志》便是在这种背景下进行的。

　　清代所说的《四川总志》或《四川通志》，也就是今天我们的"四川省志"。其刻本多姿多彩，算得上百花争妍。比较著名者，一是蔡毓荣等修，钱受祺等纂的《四川总志》，计36卷，清康熙十二年（1673）刻本。该志开清代修四川省志先河，其志名沿袭了明代的"四川总志"。一是黄廷桂等修，张晋生等纂的《四川通志》，计47卷，清雍正十一年（1733）刻本。该志以"通志"为名，不仅是四川第一部通志（省志），而且还有乾隆元年（1736）的补版增刻本和乾隆年间的《四库全书》本。

【画面】四川省档案馆（空镜），嘉庆《四川通志》（特写），翻动目录

【采访】滕伟明

　　这部《四川通志》是清代嘉庆年间由常明等修，杨芳灿、谭光祜等纂

的，计226卷，其中卷首22卷，正文204卷，于嘉庆二十一年（1816）刻。

卷首内容为：圣训。以下各卷内容为：天文志，舆地志（包括建制沿革、疆域、山川、江源、堤堰、公署、关隘、津梁、祠庙、寺观、陵墓、古迹、金石、风俗等），食货志（包括贡赋、户口、徭役、政权、盐法、钱法、仓储、蠲赈、物产、学校、书院、祀典等），武备志（包括兵制、驿传、边防、土司等），职官志（包括题名、政绩、忠节、杂传等）、选举志（包括进士、举人、贡生、封荫等），人物志（包括忠节、孝友、隐逸、行谊、流寓、艺术、仙释、烈女、淑女、义烈、贞孝、杂传等），经籍志，纪事志，西域志，杂类志（纪闻、外纪、辨讹）。

【画面】《四川通志》（清嘉庆版）"杂类志·辨讹"（特写）

【采访】马国栋

《四川通志》"杂类志·辨讹"的设置颇有意思，就是纠正前志记载的谬错，其例颇多（请举一二例）。由此可见，志家实事求是的态度和巧

《四川通志·杂类志·辨讹》（例一）　　　　　《四川通志·杂类志·辨讹》（例二）

妙的表现方法，对于我们第二轮修志的续、补、纠、创，这"四部曲"中的"纠"是有借鉴意义的。

【采访】四川省地方志编纂委员会领导

《四川通志》刻本卷帙浩繁，体量堪称四川古代所修通志的"航母"。由于民国时期四川没有修成具有规模和体系的通志，故这部清代嘉庆年间所修的《四川通志》，堪称四川古代通志的集大成者。

【解说】

这部《四川通志》被广泛收藏，具有讨论意义。如果说1840年鸦片战争英帝国主义的坚船利炮打开了中国国门，改变了中国两千多年封建社会的形态，使之进入半封建、半殖民地社会；那么可以说，鸦片战争之前的清嘉庆年间所刻的《四川通志》是四川在封建社会形态下的最完整、最具代表性、最有意义的一部通志。

【画面】各种府（州）志、县志、乡志、湖山志、寺庙志等（叠加），清代修志程序图

【解说】

解读清代修志的特点：一统志与省、市（府、厅、州）、县志同修，即中央与地方互动，构成了足以体现一个帝国魄力的修志格局。

除修通志，四川清代府（厅、州）、县志的编修也大量涌现。特别是县志，自康熙、雍正、乾隆、嘉庆、道光、咸丰、同治、光绪一路走来连绵不断，甚至若干府（州）县在不同时期有不同的版本，如眉州（今眉山市），如罗江县、仁寿县、洪雅县等等。一不经意，清代四川竟修成477种志书，为全国5685种的十二分之一，成为领跑全国的冠军。

【画面】《四川盐法志》（40卷）（掠影），《四川盐法志》纂辑职名丁宝桢（特写），丁宝桢照片

【解说】

在幸存的志书中，如果将清嘉庆版的《四川通志》喻为"史家之独唱"，那么清光绪版的《四川盐法志》便称得上是"无韵之离骚"了。该志40卷，印刷精致程度胜于《四川通志》。其策划、总纂者便是丁宝桢。

《四川盐法志》四十卷（清光绪年间出版）

【画面】《四川省志·川菜志》宫保鸡丁记述（特写），"舌尖上的中国"宫保鸡丁（特写），街头巷尾餐馆菜谱"宫保鸡丁"（掠影），默克尔在成都做"宫保鸡丁"（掠影）

【采访】李新　四川省饮食协会秘书长，《四川省志·川菜志》主编

　　说到丁宝桢，人们也许不知道。至于他总纂《四川盐法志》的事，知道者更是寥寥无几。

　　但如果说到"宫保鸡丁"，那就是家喻户晓，甚至津津乐道了。"德国一姐"即德国总理默克尔学烹饪于成都，所做菜肴便是宫保鸡丁。的确，宫保鸡丁不仅是中国人舌尖上的美味，也是友邦人士舌尖上的佳肴。关于宫保鸡丁还有一个脍炙人口的故事。

丁宝桢是贵州人，曾被钦点为"太子少保"。少保亦称宫保，即朝廷内臣。丁宝桢善烹饪鸡丁，加上"丁宫保"的良好政声，"宫保鸡丁"这道菜便在坊间广为流行并至今风靡全国。

（请其简述"宫保鸡丁"来历的故事）

【解说】

就是这位创下"宫保鸡丁"品牌的四川总督丁宝桢，他除了留下"刚廉有威，清绝一世"与"中兴名臣"的口碑，还留下了光耀志坛的《四川盐法志》。

【画面】自贡盐业历史博物馆，东汉盐井画像砖，《四川省志·盐业志》《自贡盐业史志》《自贡市志》《自流井区志》《富顺县志》关于四川盐业介绍（特写）

【解说】

四川井盐历史悠久，丰富的资源和优秀的开采工艺闻名于世。特别是川南自贡，有"千年盐都"之称。在两千多年盐业历史的进程中，它历经因盐设镇、因盐设县、因盐设市的发展，创造了政区建设的奇迹。

特别是清初，陕西、山西商人介入川盐的外运，一时竟有"三秦客友，运榷黔滇，连樯万艘，出没于穷濱窵桑之内"的繁荣情景。那时的盐商可谓比比皆是，仅1850年至1877年期间，自贡的盐商便有达1700名之多。

【画面】自贡西秦会馆，自贡盐商宅邸，盐场遗迹，盐商，《中华盐都历史建筑》（掠影）

【解说】

凿井取卤，熬盐取财。在封建社会，盐税往往是仅次于田赋的主要财政收入，故历来被统治者所控制。早在汉武帝执政时，便对盐的产、运、销施行专卖。到了清宣统年间，四川盐税总额竟超过田赋征收总额630万两银而居百税之首。

盐丰厚的税利，乃至商业资本的运作，自然为不法经营者和贪诈者所追逐。其间，百弊丛生，一时达到骇人听闻的地步。贪腐与反贪腐，垄断与反垄断，不法官商勾结与朝廷的博弈风生水起。

【画面】《四川总督丁宝桢片稿》《四川总督丁宝桢表文》

【解说】

以志记法，以法治盐。这既是丁宝桢总纂《四川盐法志》的初衷，亦是他资政——亮剑盐务改革、维护盐业秩序的举措，即把官商合谋的不法权利关进盐法志所规定的笼子里。

《四川盐法志》编修的意义还在于：丁宝桢这位朝廷内臣——太子少保并身居兵部尚书、都察院右都御史等高位的四川总督，开了总纂志书的先河。

四川總督丁寶楨片
奏查各鹽務省分均有
頒發鹽法志以資遵守定制昭然凡在官商竈戶無不奉
行維謹罔敢逾越以干刑章是以各省鹽務弊竇極
少非實在商疲竈困
國家課稅無敢或虧且商竈或致虧課而部頒引張均
係存庫在官在商均無敢私發私領一引從未有引
張發出百數拾萬之多而課羨亦虧至百數拾萬之
多者駭人聽聞轉晏然自以爲得計如川省之昏憒
極甚者也臣嘗推求其故固由於官商之敢於貪詐
然亦因鹽務初辦之時雖有
四川鹽法志 上諭 奏疏 一

《四川盐法志》载《四川总督丁宝桢片稿》

四川總督丁寶楨謹
奏纂輯四川鹽法志一書今屬稾告竣謹進
呈者伏以
皇建有極五行並重作鹹
帝念養民三事必兼利用天生水而地生火井養無窮乾
資始而坤資生食貨攸濟夙沙興煮海敢希上治于
黃軒官器與牢盆用佐大農于元狩西南樂利中外
臚忱臣誠惶誠恐稽首頓首上言竊維蜀疆實稱陸
海嚮者秦時蜀守識鹹脈于廣都漢代羅裒專貨殖
于益部李唐則疏鑿浸廣利遂徧于東川西川趙宋
則棧閉重開額乃增于前蜀後蜀元修廢壞分隸十
四川鹽法志 表文 一

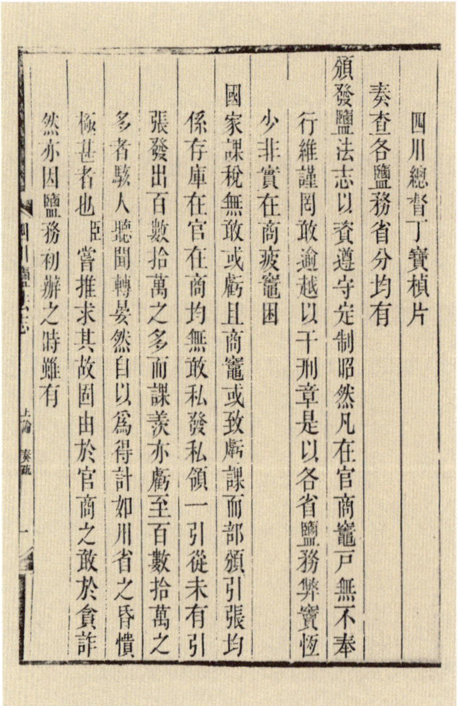

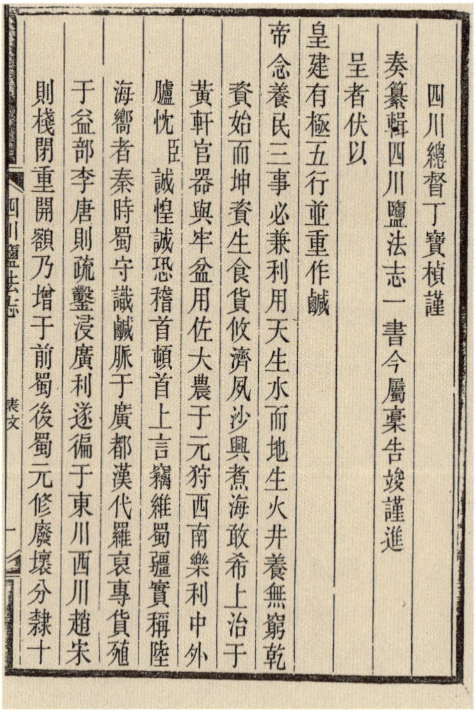

《四川盐法志》载《四川总督丁宝桢表文》

《四川盐法志》纂辑职名。总纂：太子少保、兵部尚书、都察院右都御史、四川总督管巡抚事丁宝桢

《四川盐法志》目录

《四川盐法志》井盐图说（例一）

《四川盐法志》井盐图说（例二）

志稿纂辑后，丁宝桢专门向皇太后和光绪皇帝作了呈报并经光绪批准。这让我们不得不感慨《四川盐法志》的权威性和重要性，更感慨丁宝桢的法制思想和修志理念所放射出的时代光辉。

是的，《四川盐法志》凸显了丁宝桢这位有识之士、有为之官强烈的法制意识和修志意识。

【画面】《四川盐法志》纂辑职名、目录、征引书目与《四川盐法志·井盐图说》（掠影）

【解说】

《四川盐法志》虽然是一部行业志，但它集盐法之大成，堪称"盐务省份必不可少之书"。

较之其他志书，《四川盐法志》可谓一部体现国家意志的志书，即有圣谕、蠲恤诏、敕、圣制。

《四川盐业志》还是一部组织严密、旁征博引、编排科学、内容丰富的志书。其组织分工有序，不仅设志书总纂，还设提调、编辑、校定、检校、采访、缮写、绘图、督梓等职；其征引书目广泛，包括圣训、朱批谕旨、钦定史、书、舆表、通典、通志、通考、名臣传、会典以及《周礼》以降的断代史书与《资治通鉴》《大清律例》、数省的盐法志等103种；其卷前有：上谕、奏疏、表文、职名、凡例、征引书目、目录。

【画面】《四川盐法志》目录（特写）：全志40卷（不含卷首），卷首：圣谕、蠲恤诏、敕、圣制；卷一：井厂图；卷二：井盐图说；卷三：器具图说；卷四：沿革（上）；卷五：沿革（下）；卷六：行盐疆域图、长江运道图；卷七：本省计岸、本省行盐道里表；卷八：湖北八州县计岸、八州县行盐道里表；卷九：云南二府一州边岸、二府一州行盐道里表；卷十：贵州省边岸、贵州省行盐道里表；卷十一：济楚（上）、卷十二：济楚（下）；卷十三：官运（上）；卷十四：官运（下）；卷十五：水利；卷十六：颁引；卷十七：配引表；卷十八：积引；卷十九：各票；卷二十：井课、引税、羡余；卷二十一：榷额统表；卷二十二：

纳解、归丁；卷二十三：积欠；卷二十四：票厘；卷二十五：商捐；卷二十六：经费；卷二十七:盐官表（一）；卷二十八:盐官表（二）；卷二十九:盐官表（三）；卷三十：盐官表（四）；卷三十一：公廨、局卡；卷三十二：编甲；卷三十三：关隘；卷三十四：各岸缉私；卷三十五：吏部考成；卷三十六：户部盐法；卷三十七：兵部绿营处分例；卷三十八：刑部律例；卷三十九：纪事（上）；卷四十：纪事（下）

【解说】

《四川盐法志》分类严谨，结构合理。全志40卷（不含卷首），分别为：井厂（卷一至卷五）、转运（卷六至卷十五）、引票（卷十六至卷十九）、征榷（卷二十至卷二十六）、职官（卷二十七至卷三十一）、缉私（卷三十二至卷三十四）、禁令（卷三十五至卷三十八）、纪遗（卷三十九至卷四十）8类。其中的"禁令""纪遗"类即今天我们志书中的附录。

【画面】《新编吏治悬镜·莅任初规》（清乾隆徐文弼编刻）（特写），徐文弼编刻，傅梦熊、涂丛桂参订，徐文弼的8个儿子参与校字（情景再现）

【解说】

清代修志之所以盛极一时，其中一点就是满足地方官员因资治而读志的需要，即读志书可以"究兴衰之由，陈利弊之要，补救时政之阙失，研求民生之荣枯"。

徐文弼编刻的《新编吏治悬镜》，是地方官案头的必备书、警示书。编刻这部书时，徐文弼算得上全家总动员了，他的8个儿子均参与校字。

这部书的卷一便是《莅任初规》。

所谓《莅任初规》，就是初入仕途的地方官员必须知晓的规定。这个读本的内容，包括"入属境，看须知，览志书"等32条。"览志书"被列为之三，足显其重要。至于为什么要"览志书"？答案是志书乃地方百科全书，即"一邑之山川、人物、贡赋、土产、庄村、镇集、祠庙、桥梁等类，皆志书所毕载"。

【画面】《大足县志》《兴文县志》《屏山县志》《泸溪县志》等精品良
　　　　志

【解说】

　　"郡县治，天下安。"这是中国历史上表现政体的一个规律，体现了秦始皇设立郡县制以来对以分封制为基础的宗法制的颠覆。在国家的整体治理中，郡县制的治理占有极为重要的地位，特别是县级地方行政的治理，因为其稳定影响着江山社稷的安危。

　　志书编纂意义重大，从大的方面而言它可以影响江山社稷的治理，从具体方面而言它可以直接影响地方的治理，包括存史、资治、教化等，故被地方官员格外关注。他们除聘请地方儒林名宿主笔之外，有的甚至亲自所为而实实在在地过上"一把瘾"，如清嘉庆年间出任大足知县的张澍。这位县太爷著作等身，不仅治学翘楚一方，而且堪称是在全国有影响力的学者，所修的《大足县志》便是精品良志之一。

　　然而，作为地方官员修志最具代表性的却要首推清乾隆年间出任富顺县知县的段玉裁了。这位县太爷纂修的《富顺县志》卓尔不凡，堪称县志的样板。

【画面】富顺古迹，《富顺县志》（特写），段玉裁修《富顺县志》（情
　　　　景再现）

【采访】滕伟明

　　段玉裁是江苏金坛人，乾隆年间的举人，在音韵学、训诂学方面造诣非凡。他辗转贵州、四川，多次异地做县官，为政一方。然而，他对富顺情有独钟，不仅留下政绩，还留下洋洋洒洒的5卷《富顺县志》。他的这部后来被称作"段志"的《富顺县志》，被公认为地方志的经典。

　　（请其讲述段玉裁编修《富顺县志》的故事）

【解说】

　　段玉裁纂修《富顺县志》投入了大量精力。在编纂中，他亲自发凡起例，考定事实，加注按语，使这部志书体例简严，材料翔实，文字雅达，

被誉为民国前期四川"修志之蓝本"。

【画面】高县档案馆（空镜），清代乾隆、嘉庆、同治志书木刻板（109
　　　　块）的多视角展示、把玩

【采访】陈廷湘　四川大学教授，《四川省志》审核委员

　　在那个印刷业欠发达的时代，志书刻板成为志书传播的重要载体。有

《高县志》封面木刻板

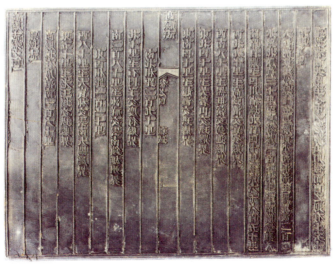

《高县志》正文木刻板

《高县志》插图木刻板

幸的是，在高县档案馆，我们尚能看到109块清代志书木刻板。其中包括乾隆、嘉庆、同治三个时期《高县志》的版本，刻字精美。这些木刻板，分别为乾隆时期的3块，嘉庆时期的24块，同治时期的82块。

（请其简介志书木刻板的情况，讲述收藏志书木刻板的故事）

【画面】中国印刷博物馆印刷木刻板（掠影），扬州印刷博物馆印刷木刻板（掠影），清代志书出版流程

【解说】

在印刷术"告别铅与火，迎来光与电"的今天，如果说绝尘于川南高县的志书木刻板记录了县级志书，那么与之呼应的川北南充《顺庆府志》木刻板则因记录了完整的府志而弥足珍贵。它给了我们另一种文明的体验。

【画面】嘉陵江东逝，南充市图书馆（空镜），清嘉庆《顺庆府志》（特写），清嘉庆《顺庆府志》木刻板多角度展示、把玩

【采访】夏建平

岁月逝水，不分昼夜。这些木刻板距今约200年，读来不乏沧桑感。

《顺庆府志》木刻本

（请其简介志书木刻板的情况，讲述收藏木刻板的故事）

【画面】宋代印刷中心示意图，图示中成都、眉山（特写），活字印刷工具，木刻"雕"字，雕版印刷生产工艺流程等

【解说】

四川是中国最早发明和使用雕版印刷术的地区之一，兴于唐，盛于宋。两宋时期，中国的印刷中心有五个，即汴京、杭州、吉安、成都、眉山。其中，四川便有两个。

然而，历经战乱荼毒、虫蛀鼠啮，特别是明末兵燹，蜀刻古本书籍在四川所剩无几。就连当时著名寺庙丛林如大圣慈寺、青羊宫、昭觉寺等亦难逃化为瓦砾的厄运。自然，不仅纪录巴蜀文明的志书遭遇灭顶之灾，而

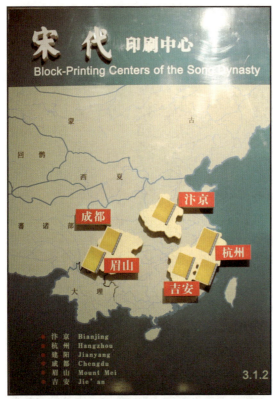

宋代印刷中心示意图

古代活字印刷工具

木刻"雕"字

且这些生命力颇为脆弱的木刻图书刻板几乎消失殆尽。其传统技术也几近中断。

"折戟沉沙铁未销，自将磨洗认前朝。"实在难以想象，今天在川北南充与川南高县，我们还能有眼福一饱这些珍稀无比的志书木刻板。它们的存在，传递了若干信息，其中一条就是中国文化的悲喜交加。

【画面】《高县志》《顺庆府志》木刻板（叠加交错）

【解说】

这些志书木刻板虽有残缺，但却算得上地方志"活化石级别"的文物了。它丰富了中华活字印刷，见证了志书流布过程，凸显了清代修志人的智慧，让我们得以想象那个时代修志的盛况。

扬州雕板印刷博物馆

扬州印刷博物馆

清代修志程序图

古籍（志书）装订程序

抚摸这些绝处逢生的志书木刻板，我们不能不感慨四川历经的累累书厄，不能不喟叹巴蜀文明守望的"路漫漫其修远兮"。同时也油然而生审美和发现的喜悦，正如宋人辛弃疾在其《青玉案》词中所描述："众里寻他千百度，蓦然回首，那人却在，灯火阑珊处。"

【画面】罗江古迹，《罗江县志》，成都古迹，《成都通览》

【解说】

志书既多，学者争先恐后地介入，以报效桑梓为己任。故不少志书出自饱学之士之手，如李调元纂修的《罗江县志》。

一些文化贤达亦自出机杼，如傅崇榘所编的《成都通览》，以方言记方志，以乡音话成都，以俚语说蜀地，堪称20世纪初叶成都的"百科全书"，丰富了官修地方志书。由此，地方志学应运而生，地方志理论研究也走到地方志的前台。

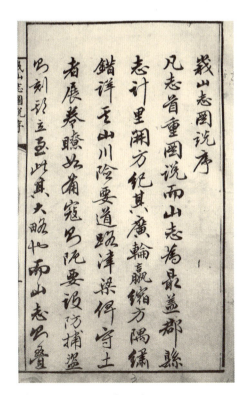

《峨山志图说·序》（清光绪年间出版）

《峨山志图说》（图十三）

《峡江救生船志》（清光绪年间出版）　　　　　　　　　峡江救生总局图

【画面】《修志"六要"》（章学诚著），《清县志概论》（存盐亭、三台县档案馆）

【采访】陈廷湘

（请其简介章学诚修志以及《修志"六要"》和关于方志学的提出，重点讲述收藏《清县志概论》的故事）

【解说】

如果说，清代的方志学家章学诚开创了方志学，影响了民国时期方志学家的著述，比如梁启超的《清代学者整理旧学之总结——方志学》、李泰棻的《方志学》和傅振伦的《中国方志学通论》对其顶礼膜拜；那么，可以说民国时期所著并出版的《清县志概论》是对清代所修县志的一个总结，而且对民国时期普遍修县志不乏重要影响和推动。

【画面】巴蜀大地（掠影），中华大地（掠影），四川旧志成果和研究成

《四库全书》一隅

志书一隅

果（掠影叠加），与缓缓展现的四川名酒交汇，由近及远，让人遐想方志如陈酿之馥郁而芳香巴蜀大地、中华大地

【解说】

　　是的，当对清以前的方志四川作一个概括和价值判断时，我们不得不说这是一个醇香的世界，一个让人流连忘返的世界。

　　这个世界，是中华文明之美的窗口；这个世界，是巴蜀文明之美的灵魂！

【本集完……隐黑】

醇香世界（下）

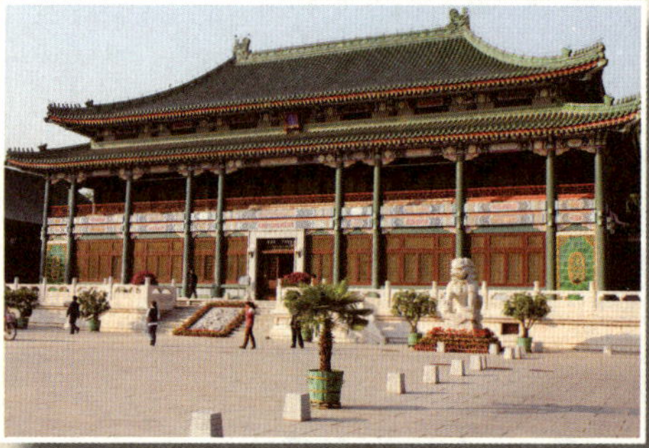

【片名】醇香世界（下）

【画面】《四川保路同志会报告》（清宣统三年版），辛亥秋保路死事纪念碑，《荣县志》（四川大学出版社，1993年5月）"1911年9月25日，在宣告荣县独立的同时，荣县革命军政府同时宣告成立。荣县革命军政府建立的第一个县级政权，比武昌起义早半个月。成为四川东南路同志军的根据地，反清武装斗争的中心"（特写），武昌辛亥革命，1912年1月孙中山在南京就职临时大总统，国民政府成立，成都春熙路刘开渠所塑孙中山铜像

【解说】

　　如果说四川保路运动奠定了辛亥革命的基础，荣县革命军政府的成立打响了第一枪；那么，孙中山领导的辛亥革命则震撼了中国，为中华民国的建立拉开序幕。

四川保路同志会报告

47

四川川汉铁路公司大事纪略

位于四川省成都市的辛亥秋保路死事纪念碑

位于湖北省武汉市的辛亥革命博物馆

《中华民国省区全志》（第四册，《秦陇羌蜀四省区志》）封面

《中华民国省区全志》（第五篇第一卷《四川省志》）

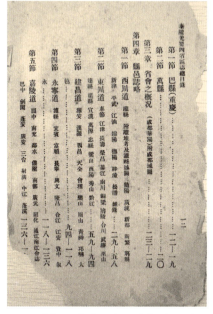

《秦陇羌蜀四省区志》总目录（行政区域部分）

《秦陇羌蜀四省区志》总目录（物产部分）

《中华民国省区全志》（第五章
《山水志略》）

《中华民国省区全志》四川省物
产之华表：白蜡

【画面】《中华民国省区全志》及第五编第一卷《四川省志》等

【解说】

1926年出版的《中华民国省区全志》，由白眉初先生著。

这应该是民国时期较早出版的一部全志。它不仅推出了四川省物产之华表"白蜡"，而且概括了四川的四大景："峨眉天下秀，剑阁天下雄，瞿塘天下险，离堆天下奇。"

四川物产之华表"白蜡"与"离堆天下奇"的概念也许由此而始。这对于今天我们重塑"白蜡"和都江堰"离堆"品牌不乏意义。

【画面】国民政府内政部1929年12月颁行的《修志事例概要》、1931年3
月颁行的《市县文献委员会组织大纲》、1946年10月分别颁行的

《地方志书纂修办法》《各省市县文献委员会组织规程》

【解说】

《修志事例概要》，是国民政府成立17年后颁行的第一个关于修志的规定。该规定应运而生，具有时代意义，顺应了四川、江苏、安徽、河南等省编修志书的诉求，奠定了民国时期全国普遍修志的基础。

【画面】《申报》（1929）载江苏、安徽、河南、上海等地修志报道，上海通志馆期刊

【解说】

时四川、江苏、安徽、河南、上海等省（市）成立了通志局、通志编纂委员会或通志馆，其活动内容时见诸报端。

【画面】《綦江县志》《乐至县志》《简阳县志》《资阳县志稿》（特写）

【解说】

民国时期全国共修各种志书1571种，四川便达163种，占全国的十分之一，位居榜首。从民国初年出版的《綦江县志》《乐至县志》始，至1949年出版的《简阳县志》《资阳县志稿》止，四川修县志125部，几乎覆盖全川，在全国遥遥领先。

【画面】19世纪20年代成都，《四川公报》（1920年5月）载四川通志局成立消息（特写）

【解说】

四川通志局作为政府专修地方志的机构，成立于1920年5月。这在全国也是走在前面的。

【画面】《县志纲要》（特写）

【解说】

1920年，四川省政府颁布了《县志纲要》。它虽然仅有11条，但对于民国时期四川所修县志却做出了具体规定。

这个纲要领先各省，甚至比国民政府1929年颁行的第一个修志规定——《修志事例概要》还要早9年。

【画面】四川通志局通函（特写）："径启者，窃四川重修通志，经熊督

军、杨省长会商设局，于1920年5月13日成立。查各县修志，曾由省长迭次催修。"

【解说】

民国时期四川普遍修志，政府主导起到至关重要的作用：一是普遍设立通志局（馆），而且最早的可以追溯到1920年；二是政府1920年颁行《县志纲要》，这在全国也不乏代表性。

【画面】杨庶堪照片，《四川省志·人物志》杨庶堪（特写）

【解说】

呈现这种修志格局与杨庶堪有关。

1918年，孙中山委派杨庶堪出任四川省省长。他走马上任后，很快便成立了四川通志局，而且措施到位。一方面，他多次出面"催修"县志，竟让当时通志局所发函做出如此预测："全川各县，悉当一律成功矣"；另一方面，他广收人才，礼贤下士，甚至拟邀请名笔赵熙主持编纂《四川通志》。

然而，历史却选中了宋育仁。1924年，宋育仁出任四川通志局总裁。

【画面】富顺县（空镜），豆花、香辣酱（特写）；宋育仁传奇人生（辑录），成都东山草堂，宋育仁墓碑亭、画像

【解说】

宋育仁出生在豆花香溢的富顺。他性格鲜明，其中的两重性颇似冰火两重天，或者说不乏其家乡"香辣酱"的特点。其香，传达了他作为文化人敬传统、仰新法的品格；其辣，传达了他作为壮士"风萧萧兮易水寒，壮士一去兮不复返"的品格。因此，当翻开中国近现代史便不难发现，其中的一页便是大写的宋育仁的传奇人生。一方面，他算

迄今确认的宋育仁唯一一张照片（1930年左右主修家乡《富顺县志》时所摄）

得上时代的领跑人物，儒通巴蜀；另一方面，他堪称时代的"愤青"，是清代历史上唯一策划袭击日本并付诸实施的中国人，被誉为"四川睁眼看世界的第一人"。

【画面】宋育仁主编《渝报》《国学月刊》，宋育仁等纂修《四川通志稿》（残稿），宋育仁撰《重修四川通志例言》《重修四川通志目录》

【解说】

宋育仁堪称巴蜀大儒，集经学家、文章家、词家、志家、编辑家等于一身。他的文化贡献不仅在于他首创四川第一张报纸《渝报》，出版《国学月刊》，领跑新文化和国学；还在于他1924年出任四川通志局总裁，担当了四川地方志文化工程的历史重任。

在宋育仁的主持下，1926年出版了《重修四川通志例言》，1930年草成《重修四川通志》初稿300余册。

【画面】《四川省志·人物志》宋育仁（特写），宋育仁主修《富顺县志》稿本（特写）

【解说】

宋育仁算得上"两手抓"的高手。他不仅主持《重修四川通志》的编纂，还于1931年完成了家乡人的重托——《富顺县志》。

这部被后学誉为"宋志"的《富顺县志》，竖起了县志编修的标杆，至今还让我们津津乐道。

【画面】《四川省方志简编》关于宋育仁介绍："1924年，任重修四川通志局总裁，又主修《富顺县志》，1931年卒。县志已成，通志未成。生平著书凡数十种，皆行世"，宋育仁著《论史学方志》

【解说】

宋育仁的名字与《重修四川通志》紧紧相连，堪称翘楚志坛的大方之家。他不仅主持纂修《重修四川通志》，而且对史志研究颇有心得，著有《论史学方志》。

【采访】伍松乔　高级编辑，巴蜀文化学者

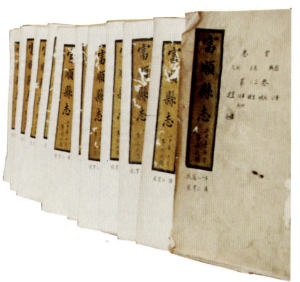

宋育仁主修的《富顺县志》稿本

宋育仁主持编修的《四川通志》手稿

宋育仁当然是民国时期旗帜性的志家。倘若没有他及其团队的努力，恐怕四川民国史的谜团更大。

宋育仁尽心竭力于志道，苦苦经营《重修四川通志》，留下了若干感动历史和修志人的故事。

（请其讲述宋育仁主持编《重修四川通志》的故事，包括挖掘奇才刘咸炘、拉赞助款修志、临终嘱托挚友陈钟信"为我完之"即完成未尽之修志事等）

【画面】四川省图书馆（空镜），《重修四川通志》残稿（掀动）

【采访】王嘉陵

（请其讲述省图书馆收藏、整理《四川通志稿》（残稿）的情况）

【解说】

　　说到宋育仁主持的《重修四川通志》稿的归属，我们不能不说到龚煦春编辑的《四川郡县志》。该志的问世，尽管其间不乏苦涩，但对于宋育仁的在天之灵来说亦算得上一个不小的告慰。

【画面】《四川郡县志》（成都古美堂木刻刊行，1935年版）（成都古籍书店重印，1983年版）书影及序言，龚煦春照片

【采访】马国栋

　　1924年，龚煦春受聘四川通志局编纂，主持地理门类。

　　1935年，龚煦春将《重修四川通志》稿中的四川政区沿革稿本以《四川郡县志》为书名出版，并由古美堂木刻刊行，为线装图书5册。1983年，《四川郡县志》经四川大学历史系古籍所整理，由成都古籍书店重

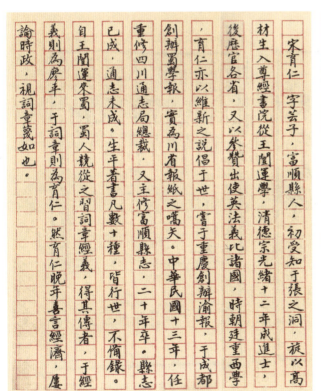

《四川方志简编》介绍宋育仁

宋育仁主持编修的《四川通志·舆地志》手抄本

印。由此，如果说宋育仁出山主持《重修四川通志》并完成志稿是出于使命，那么龚煦春付印的《四川郡县志》则实现了宋育仁的意愿之一，即将《重修四川通志》稿的一部分刊印问世。

（请其介绍宋育仁1924年主持《重修四川通志》与龚煦春1935年主持印刻《四川郡县志》的情况）

【画面】《中国地方志综录》，综录中的四川志书（特写）

【采访】马国栋

无独有偶，在龚煦春主持印刻《四川郡县志》的同时，朱士嘉撰写的《中国地方志综录》亦出版了。其中，不乏四川志书的介绍。

【解说】

如果喻《重修四川通志》是航母，那么一部部县志则算得上一艘艘舰艇。那些领衔的"舰艇"，驰骋志海，卷起千堆雪，给我们以更美的视

《中国地方志综录》

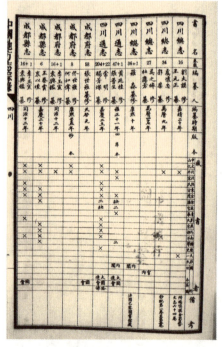

《中国地方志综录》中关于四川志书的介绍

点，更多的遐想。

【画面】大海，《荣县志》《华阳县志》《巴县志》《双流县志》《眉山县志》等飘浮于海浪中（特写）

《中国地方志集成·四川府县志辑》中的民国《巴县志》《荣县志》《富顺县志》等

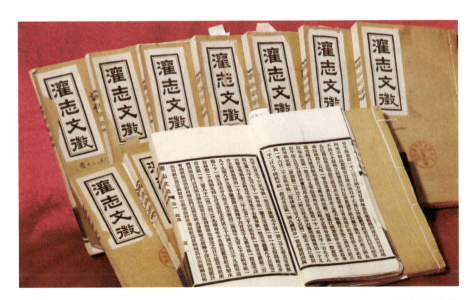

《灌志文征》

【解说】

志书的编修和审定者，往往是地方的耆儒硕学。他们，堪称志书这一艘艘领衔志海舰艇的舵手。我们如数家珍的有：赵熙纂修的《荣县志》，林思进等纂修的《华阳县志》，向楚纂修的《巴县志》，周翔审定的《眉山县志》和监修的《彭山县志》等。

这些精品良志湛蓝志海，美丽四溅，具有“一花引来百花开”的效应，体现了那个时代的特点。

【画面】山水志，寺庙志，乡土志（叠加）

【采访】章玉钧　四川省政协原副主席，文化学者

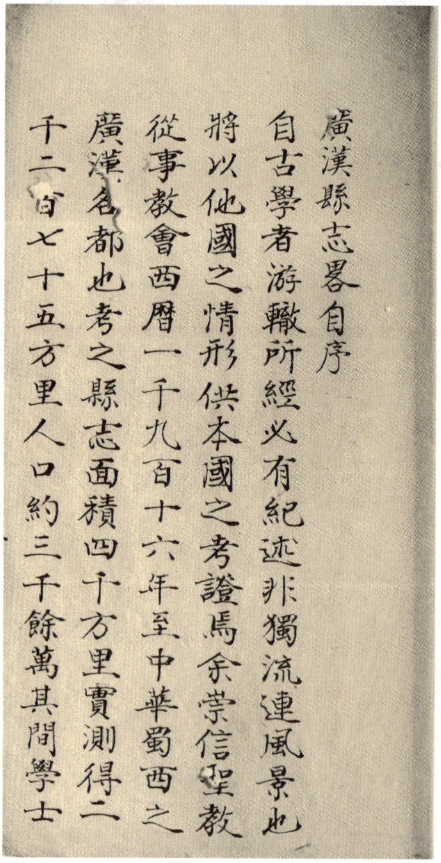
廣漢縣志畧自序
自古學者游轍所經必有紀述非獨流連風景也
將以他國之情形供本國之考證焉余崇信聖教
從事教會西曆一千九百十六年至中華蜀西之
廣漢名都也考之縣志面積四千方里實測得二
千二百七十五方里人口約三千餘萬其間學士

汉明灯著《广汉县志略》自序（例一）

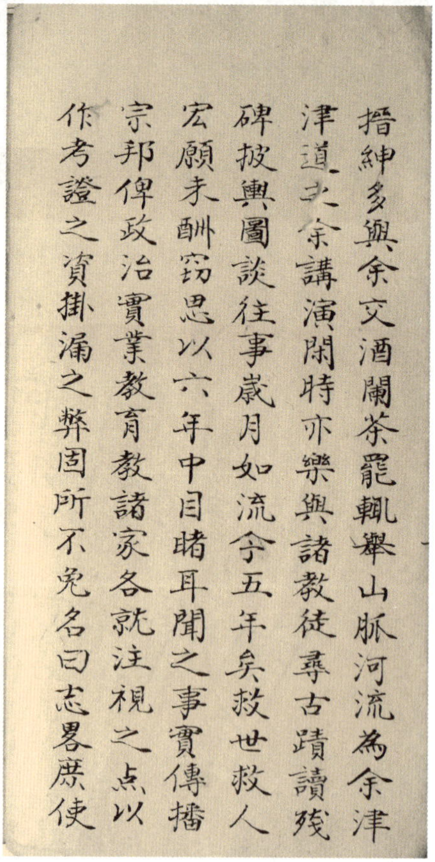
搢紳多與余文酒闌茶罷輒舉山脈河流為余津
津道之余講演閒時亦樂與諸教徒尋古蹟讀殘
碑披輿圖談往事歲月如流今五年矣救世救人
宏願未酬窮思以六年中目睹耳聞之事實傳播
宗邦俾政治實業教育諸家各就注視之点以
作考證之資掛漏之弊固所不免名曰志畧庶使

汉明灯著《广汉县志略》自序（例二）

　　"志书乃一方之信史"，对于资治与嘉惠学林等颇多裨益。故除政府强调修志外，坊间的修志亦跃跃欲试，一批山水志、寺庙志、乡土志纷纷问世。然而，颇为稀罕的是有一个"老外"也来凑"热闹"。

　　他，就是汉明灯，一位不同寻常的汉学家，一位被中国化的汉学家。

【画面】广汉三星堆，古城墙，广汉县档案馆，《广汉县志略》（手抄本），《广汉县志略》（敖天照手抄本），《历代汉州志》中辑录的《广汉县志略》，汉明灯纂修《广汉县志略》（情景再现）

【采访】敖天照　三星堆博物馆顾问，文化学者

　　汉明灯是英国传教士Hamilton，Rev.E.A.andwife的中文名字。

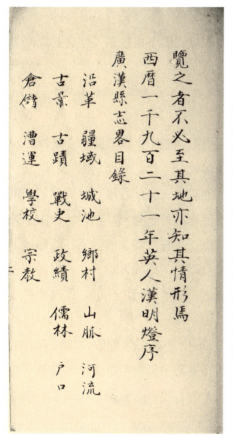

汉明灯著《广汉县志略》自序（例三）

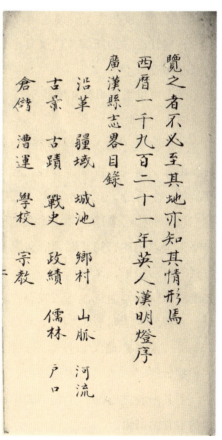

汉明灯著《广汉县志略》目录

1916年，汉明灯来到四川广汉传教。受中国方志文化的影响，当然也是为了更好地传教，这位传教士竟不知不觉痴迷上地方志，而且身体力行纂修《广汉县志略》。

【采访】章玉钧

中国人修志不算新鲜，也不足为奇。但是，外国人修中国县志却算得上一件罕之又罕的事了，不仅在四川属于首例，而且在全国首开先河。

【采访】敖天照

我知道汉明灯是20世纪80年代初期。那时，我在县地方志办公室修志。为新编《广汉县志》，我专程去四川省图书馆抄录《广汉县志略》，并收录于后来即1988年出版的《历代汉州志》。可以说，《广汉县志略》丰富了《历代汉州志》，使之得以完整。

（请其讲述为新编《广汉县志》在四川省图书馆抄录《广汉县志略》的情况和故事）

【画面】四川省图书馆（空镜），《广汉县志略》翻阅、把玩

【采访】王嘉陵

《广汉县志略》为汉明灯1921年纂修，包括沿革、疆域、城池、乡村、山脉、河流、古景、古迹、战史、儒林、户口、仓储、漕运、学校、宗教等15个部分。在《山脉》一篇中，他对"三星伴月堆"（后闻名于世的三星堆）作了表述："在治西十五里，地形若三星与月相伴。"由于是志略，全志记述言简意赅，既引录了前志，又有对前志的考证；既记述了考察的鲜活史事，又有篇下序（尽管未列篇），如《古景》："自古有志之士游辙所至，遇景流连或发思古之幽情，或留一时之佳话。广汉志载八景，亦有足观，列举如左。"

《广汉县志略》以抄本形式存在，不仅具有文献价值，而且具有版本欣赏价值。抄本书法颇见功力，虽不知道是出自汉明灯之手还是他人誊抄，但其书卷之气却贯于全书之中，让人赏心悦目。该抄本系孤本，现藏于四川省图书馆。

（请其讲述收藏和保管《广汉县志略》的故事）

【画面】汉明灯《广汉县志略》自序（特写），汉明灯与"学士、缙绅多与余交酒阑茶，罢辄举山脉河流，为余津津道之"（情景再现），汉明灯与"诸教徒寻古迹，读残碑，披舆图，谈往事"（情景再现）

【采访】敖天照

汉明灯这位英国传教士算得上一位修志问道者，甚至是中国方志文化的粉丝和痴迷者。他擅长修志之道，既注重广采博集，又注意交谊学士乡贤和官绅。为研究地情，他亲力亲为——"寻古迹，读残碑，披舆图，谈往事"，体现了与这方土地和人文的融合。更有甚者，他还以严谨的治学态度，通过实地测量纠正了前志对广汉区域面积的错误记载。

【画面】汉明灯手抄《广汉县志略》（情景再现），其自序"自古学者游辙所经必有纪述，非独流连风景也""岁月如流，今五年矣。救世救人宏愿未酬，窃思以六年中目睹耳闻之事实传播宗邦，俾政治、实业、教育、教诸家各就注视之点以作考证之资"（特写）

【采访】章玉钧

汉明灯寄情地理，萦怀文献，游辙有述，算得上马可·波罗式的传奇人物。他讲"学者游辙所经必有纪述，非独流连风景"，这与马可·波罗的主张非常具有趋同性。作为传教士，汉明灯还有一片"救世救人"的情怀。他以志传播宗邦，一是供诸家考证，二是使读者"不必至其地亦知其情形"，这不乏白求恩精神即国际主义精神。

【画面】《马可·波罗游记》《广汉县志略》

【解说】

如果说13世纪来自意大利的著名旅行家和商人马可·波罗所写的《马可·波罗游记》是欧洲人撰写的第一部描写中国历史文化和艺术的游记，那么可以说20世纪初叶来自英国的传教士、汉学者汉明灯所编纂的《广汉县志略》是欧洲人撰写的第一部记录中国地方（广汉）的百科全书。他们一个写游记，一个纂修志书；一个感性抒情，一个理性记录，均是典型的汉学著述。其文献价值与文化意义可相提并论，值得格外关注。

【画面】《四川历代旧志提要》"此为四川600余种地方志中唯一的一种

外国人编纂志书。今仅存一册，为1921年抄本，藏于四川省图书馆"（特写），《广汉县志·人物》关于汉明灯修《广汉县志略》记载（特写）

【解说】

异邦抄本，百年志香。历时5年即1921年，汉明灯捧出了不同于一般传教士的汉学著述——《广汉县志略》。

这一部特殊的著述，弥补了广汉县自清同治八年（1869）以后的50多年未修县志的空白。这一部著述虽然算不上洋洋大观，但却开了外国人修志书的先河，凸显了一个外籍人士崇尚中国方志文化魅力一路走来的心路历程，具有特殊的文化意义，弥显珍贵。

今天，虽然我们无法知道他从中国回英国复命的情况，包括他是否将《广汉县志略》底稿带回英国的情况，但是他的名字却留在了中国方志史上，见证了中西方文化的交融与交流，让我们常怀一种温暖的记忆。

【画面】广汉档案馆（空镜），三星堆，梁思成所拍摄龙居寺、龙兴寺、南华宫等建筑照片

【解说】

故事发生地依然在古城、古国、古遗址的广汉。也许是这"三古"，使古雒城关于修志的故事迭起。

继汉明灯修成《广汉县志略》之后的10余年，广汉一跃而成四川省的模范县。广汉籍名人戴季陶，这位国民政府的要员颇有创意和能耐，为重修《广汉县志》他竟邀请时在宜宾李庄的建筑学家梁思成率人来广汉拍照，以助修志。

【画面】戴季陶、梁思成照片（特写），《广汉县志》

【采访】敖天照

（请其讲述梁思成镜头下的雒城记忆和梁思成为《广汉县志》的编修提供照片的故事）

【解说】

"烽火连三月，家书抵万金。"虽然时值抗战期间，但四川修志依

卢沟桥

然，而且几乎所出版的志书都有对于出川抗战将士的记载，因为他们是"留取丹心照汗青"的时代英烈。

【画面】卢沟桥，抗战烽火，成都人民公园川军抗战塑像，建川博物馆·中流砥柱馆、川军抗战馆、中国老兵手印广场，《四川方志简编》《四川省志·人物志》中关于刘湘、李家钰、饶国华、王铭章、许国璋（特写），《资阳县志》中饶国华墓志铭关于抗战人生记录，《安岳县志·人物篇》等县志中抗日阵亡将士英名录（叠加）

【采访】樊建川 建川博物馆馆长，历史文化学者

人们常说"无川不成军"，的确如此。川军是中华抗战重要的军源，达340万，占全国兵源的五分之一，也就是说在全国抗日战场上，每五个军人中平均就有一个是川军。至于捐躯的将士，达数十万之众。这在中华抗战史上是一个惊天动地的数字，也是川军为中华抗战所贡献的一个了不起的数字，难怪日本投降后，《新华日报》发表有《感谢四川人民》的社论，《新民报》刊发有《莫忘四川》的社论。

位于四川省成都市的川军抗日阵亡将士纪念碑（刘开渠塑）

省廣德縣陣亡。

師師長，二十六年，隨劉湘出川抗日，其年與敵戰于安徽

軍軍官學校，繼隸軍籍，積功至陸軍中將，任一百四十五

饒國華，字漢丞，資陽縣人，民國初年卒業于四川省陸

《四川方志简编》介绍饶国华

【画面】《抗战时期的四川——档案史料汇编》，四川支援抗战镜头（剪辑），《安岳县志·人物篇》《犍为县志·人物篇》等县志中抗日阵亡将士英名录（叠加）

【解说】
正是因为四川是中国抗战的输血管，是中华民族复兴的根据地，故四川的县志的内容有一个显著特点，就是几乎所有的志书均设有"英名录"，以记载抗战阵亡的将士。仅《安岳县志·英名录》记载的抗战阵亡烈士便达1300多人。那一长串的名单，筑起了中华民族新的长城；那一长串的名单，挺拔了中华民族抗击外敌不畏强暴的脊梁！

【画面】辑电视剧《壮士出川》相关镜头和剧照（川军将士出征抗日大会）

【采访】樊建川
川军出川抗日的场景震撼世人。电视剧《壮士出川》有一个让人难以忘却的镜头，就是硕大白布上写的一个"死"字。其实，哪有老牛不舔犊，哪有老母不疼儿。然而，为了抗击日本侵略者，母亲为儿子的壮行却用一个"死"字。这个字，让人感受到"岳母刺字"的情怀：我不愿你在我近前尽孝，只愿你为民族尽忠。这就是我们川人的襟怀和境界！

【画面】川军出川，建川博物馆饶国华将军雕塑（特写）

【采访】流沙河 诗人，文化学者

川军出川条件异常艰苦。他们只有一袭布军衣、一双草鞋、一支步枪，抱着"宁为民族战死鬼，不做阶下亡国奴"的决心，为中华抗战史书写了辉煌的一章，为民族解放写下了一个又一个可歌可泣的故事。饶国华将军临终遗言"一定要血战到底，收复失地，把日本侵略者赶出中国去，做到胜则生，败则死"便是川军誓死抗战的写照。

（请讲孩提时记忆，以故事开头）

【画面】《毛泽东选集》中载1938年3月12日，毛泽东在延安各界举行纪念孙中山逝世十三周年暨追悼抗敌阵亡将士大会上的讲话"从郝梦麟、佟麟阁、赵登禹、饶国华……诸将领到每一个战士，无不给了全中国人民以崇高伟大的典范"（特写），2014年2月27日全国人大常委会第七次会议做出的关于将9月3日设立为中国人民抗日纪念日的决定，习近平等中常委2014年9月3日在中国人民抗日战争纪念馆与首都各界代表向抗战烈士敬献花篮（特写），习近平在纪念抗战胜利69年发表重要讲话（特写），民政部公布第一批著名抗日英烈和英雄群体名录中饶国华（特写），《四川方志简编》《资阳县志》《四川省志·人物志》中记载的饶国华（特写）

【采访】樊建川

全国人大常委会将9月3日设立为"中国人民抗日纪念日"的决定，其实是以立法形式确定了这个纪念日，反映了中国人民的共同意愿，将中华民族的抗战记忆上升为国家记忆。这足以告慰我们的英烈。

今天，饶国华将军离开我们67年了。但他"与城为殉"的故事依然让人欷歔不已，的确堪称"崇高伟大的典范"。

（请其讲述《资阳县志》《四川省志·人物志》记载饶国华率川军出川"与城为殉"的故事和川军的抗战故事）

【画面】《内江市志·传记》张善子（特写），张善子《怒吼吧，中国》《中国怒吼了》，张善子在美国为抗战募捐，《国民政府公报·令》渝字第306号（特写），于右任书法挽联张善子"名垂宇宙生无忝，气壮山河笔有神"（情景再现）

【解说】

志书中有若干抗战的记忆。它的存史价值，决定了这些记忆的永恒；它的资政价值，决定了这些记忆的国家意志；它的教育价值，决定了这些记忆的复活。

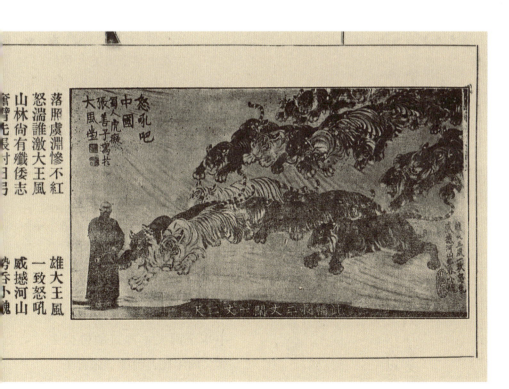

张善子在《怒吼吧，中国》前留影，载《正气歌像传》（战争图书丛书社，1937年12月）

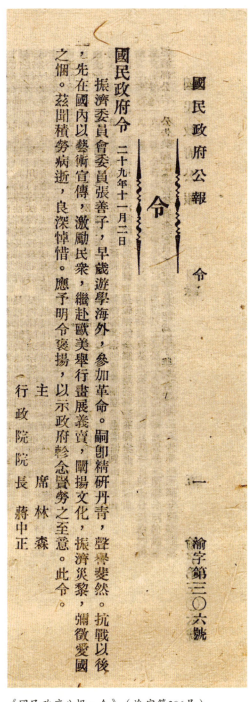

《国民政府公报·令》（渝字第306号）

如果说志书中记载的川军出川是中华抗战的军事行为，那么志书中记载的张善子的出川乃至赴欧美巡展和募捐的活动却是中华抗战的文化行为。枪杆子和笔杆子殊途同归，体现了中华民族的尊严和精神，对于我们今天的捍卫主权具有同样的意义。

【画面】建川博物馆（飞虎奇兵馆），张善子赠陈纳德将军《飞虎图》（特写），张善子在中华全国美术界抗敌协会成立大会上讲话（情景再现），张善子画作《中国：怒吼了》《怒吼吧，中国》等（掠影），国民政府褒扬张善子令

【采访】樊建川

张善子以画虎闻名于世，有"虎痴""虎魂"之誉。

1938年6月，张善子出任中华全国美术界抗敌协会主席。同年底，他携"张善子、张大千画展"赴欧美巡展，从事国民外交活动，宣传中华抗

战，募捐点滴归公。

张善子以"画笔为枪作战神"的故事数不胜数，令人荡气回肠。其中，最让人不能忘却的是他赠陈纳德将军的《飞虎图》。

（请其介绍张善子赠陈纳德《飞虎图》及收藏此画的故事）

【画面】成都忠烈祠，宜宾李庄（空镜），《李庄镇志》关于"李庄镇抗战将士阵亡纪念碑"（特写），中国李庄抗战文化陈列馆及其门联"中国文化的折射点，民族精神的涵养地"（特写）

【解说】

八年抗战，其实是中华民族的全面抗战。

抗战之壮怀激烈可谓空前，可谓惊天地泣鬼神。为纪念抗战将士，昭然其精魂，国民党政府军事委员会于1939年、1940年分别颁令各县设立忠烈祠和公布《抗敌殉难忠烈官民祠祀纪念坊碑办法大纲》。在志书中，对于抗战的记载俯首可读，就连镇志中亦有记录。在《李庄镇志》中，我们便可以读到关于"李庄镇抗战将士阵亡纪念碑"的记录。

然而，《李庄镇志》还给我们传递了关于当时大后方文化抗战的大量信息。同济大学、中央博物院、中国营造学社、金陵大学文科研究所、北京大学文科研究所、中央研究院历史语言研究所、社会科学研究所、人类体质学研究所等8个单位由昆明迁来此地，梁思成、林徽因、李济、傅斯年、童第周等一批文化名人在此为人们耳熟能详，使李庄有了一张赫赫有名的名片：中国李庄。

【画面】陈代俊翻阅《发现李庄》及傅斯年、李济等信札

【采访】陈代俊 《四川政协报》原副主编，历史文化学者

（请其讲述梁思成、傅斯年、李济在李庄的故事和创作《发现李庄》的情况）

【画面】南溪县地方志办公室（空镜），《六同别录》（上中下册），美籍华人费慰梅所著《梁思成与林徽因：一对探索中国建筑史的伴侣》关于纸张描述："李庄来信所反映的比它字面上所讲述的多得多。大大小小和形形色色的信纸，多半是薄薄的，发黄发脆

的，可能是从街上带回来的包过肉或菜的。有时候也有朋友给的宝贵的蓝色信纸。但共同的是每一小块空间都使用了。天头地角和分段都不留空，而最后一面常常只有半页或三分之一页，其余的裁下来做别的用了。"（《李庄镇志》，方志出版社，2006年5月，284-285页）

【采访】李华蓉　宜宾市翠屏区地方志办公室原主任，《李庄镇志》特邀总纂

在李庄，文化人的生活和工作条件异常艰苦。且不说一般的文化人，就是大名鼎鼎的梁思成也拮据不堪，从他写信所用纸张便可见一斑。但是，他们却为民族抗战而努力奉献着智慧，所出版的《六同别录》便是佐证。

所谓的《六同别录》，就是中央研究院三个所在李庄期间的研究成果和学术论文的汇集，并取李庄在历史上作过六同郡治所冠名书首。

【画面】抗战烽火，《申报》（1938年4月23日）载《鄂省通令通志、县志禁运国外》："鄂省府以值此抗战期间，凡有关山川形胜等通志、县志、刊物，禁运国外。昨特通令所属机关，严切注意。"（特写）

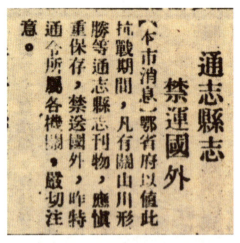

"通志县志禁运国外"（载《申报》，1938年4月23日）

【解说】

志书记录内容具有广博性和地理方面的特殊性，如矿产资源、山川形制等，故抗战时期，政府不仅通令志书禁运国外，而且登报告示。可见志书关乎一方安危，具有特殊的价值。

【画面】《支那省别全志》《新修支那省别全志》与其中的《四川省志》（特写）

【解说】

这里，不得不说到《支那省别全志》和《新修支那省别全志》。它不仅涉及四川方志，更涉及中国方志，是民国时期地方志乃至中国方志史不可以绕过去的一道"坎"。

【采访】流沙河

这是仅有的两部由外国人即日本人编修的中国省志，均为日文版。其中，《支那省别全志》于1917年由日本东亚同文会出版社出版，全套18卷（册），分别为广东省（附香港澳门）、广西壮族自治区、云南省

《支那省别全志》扉页

（附海防）、山东省、四川省、甘肃省（附新疆自治区）、陕西省、河南省、湖北省、湖南省、江西省、安徽省、浙江省、福建省、江苏省、贵州省、山西省、直隶省各一卷。各卷章节大同小异，内容有：总论（沿革、面积、人口、气候、民俗、军事概况、对外关系等）、都市（通商口岸、主要城市及各县城）、贸易、交通（铁公路、船运、邮政、电信）、农林渔牧、工矿、商业与金融、度量衡、历史名胜等，每卷约1000页，图、表、文并用，并附有地图。《新修支那省别全志》于1941年出版，与《支那省别全志》相似。

【采访】马国栋

就学术立场而言，这两部省别全志堪称中国各省区全面性调查报告，资料丰富，无论是对于全国性的综合研究或是对各区域的分别研究，均是重要参考文献。但是，从时代背景看，其编修出版的目的却主要是出于当

时对东亚特别是觊觎中国的政治、经济、军事需要。

【采访】流沙河

这个时代背景，我们可以上溯23年去考察，那就是1894年。这一年，甲午中日战争开战。其结果却是一首甲午悲歌。不仅中国的威海被日军血洗、中国旅顺的百姓被日军屠杀，而且中国的历史因《马关条约》而被彻底扭曲，即中国的台湾和澎湖列岛被鲸吞，中国的主权被肢解，中国沦为半殖民地半封建国家。

一扇被渗透、被扩张、被掠夺的大门就这样被打开！

更有甚者，从1894年的旅顺大屠杀，到1931年的"九一八"，再到1937年的南京大屠杀，仅仅只有43年。可见，日本编修出版《支那别省全志》是从其全面扩张和侵略中国的目的出发的。

【画面】福泽谕吉《脱亚论》及关于"支那"是"东方的恶友"等（特写）

【解说】

无论是《支那别省全志》，还是《新修支那别省全志》，其志名前均冠以"支那"。"支那"一词的"污名化"，始于日本明治维新时代。1885年，被奉为"日本近代最重要的启蒙思想家"的福泽谕吉在其发表的《脱亚论》文中称，"支那"是"东方的恶友"，甚至极端主张凡是"有支那色彩的东西都应该摒弃"。甲午海战中国败北，"支那"一词"在日本更是成为藐视中国的一个蔑称。如此，日本编修的这两部"别省全志"的目的和出发点便不言而喻了。

【采访】马国栋

志书是中国的国粹。作为研究，它具有世界性。但是，纵观历史，没有一个国家为中国修志。而日本这个所谓的友邦，一出手修志便将中国各省"一网打尽"。这是一个需要巨资投入的工程，这是一个需要精心策划的工程。其侵略我中华的野心显而易见。

【采访】流沙河

让我们把时间定格在《支那省别全志》出版的那一刻，即1917年。此时，正值第一次世界大战如火如荼之际（1914—1918年），日本跻身列强瓜分中国的行列，入侵山东，并对青岛进行长达8年的殖民统治。志书名中的"支那"，更是充满对中国的侮辱和敌视。志书编修在表现上，目的性明确，一是尽量简化志书结构，以最少的篇幅和文字提供最多的信息及有价值的数据，便于为战争服务，并非我们规划设计的"全景式"的修志意义；二是志书用日文出版，即直接为日本人服务。特别是1941年出版的《新修支那省别全志》，时值中日战争中期，其为战争服务的目的更是昭然若揭。

【画面】《中国地方志联合目录》（特写）

【解说】

随着时间推移，即《新修支那省别全志》的第二年，也就是1942年，日本人迫不及待地编辑了《中国地方志目录》。

这是一本特殊的地方志目录，由上海日本大使馆特别调查班编，铅印本。

【采访】流沙河

1942年，正是中日战争出于"拉锯"时期。上海日本大使馆之所以成立这个特别调查班，染指志书的编目，其目的如司马昭之心路人皆知。这个目的就是搜集情报，为扩大侵华战争服务。由此可见，志书具有的特殊价值，尤其是在抗战时期。

【画面】《四川省通志馆组织规程修正案》（四川省政府第608次会议记录），《四川省通志馆采访计划书决议案》（第639次会议），《四川省文献整理委员会组织规程决议案》（第657次会议），《汶川县志》，张群《续修汶川县志·序》（特写）

【解说】

值得一说的是民国时期的一位封疆大吏。他，就是张群，系成都华阳县即今锦江区人。

1930年，张群出任上海市市长时便建上海通志馆，延揽人才，甄访故实，编修《上海通志》。

1940年，张群主政乡邦，出任成都行辕主任兼四川省政府主席。1942年，他不仅设四川省通志馆，列举例目，广事采访，而且饬令各县修志，甚至为1944年出版的《续修汶川县志》撰写序言。他在序言的开篇写道："方志之辑，所以察疆理建制之宜，省世会通变之迹。凡夫山川舆域、物产贡赋、民俗土风，靡不总括区列，著已往之成规，而未来之施政敷教，率于是取资焉。"

【画面】《四川方志简编》及序言

【解说】

《四川方志简编》为四川通志馆编纂，脱稿于1944年，系民国时期唯一编纂定稿的四川省志，30余万字，可谓"一字之推敲，一语之斟酌，实

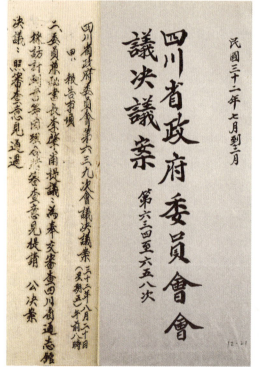

1943年8月20日，《四川省政府委员会会议决议案》通过的《四川省通志馆采访计划书》等内容

《续修汶川县志》序（张群）

《四川省方志简编》书影

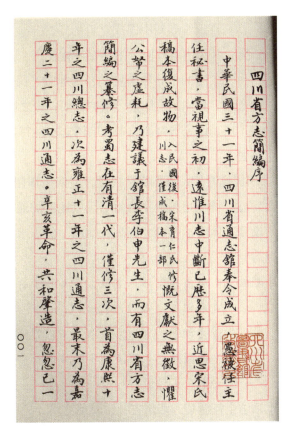

《四川省方志简编》序

未敢掉以轻心"。

《四川省方志简编》内容分《总论》与《分论》两部分。《总论》综述全省概况，侧重研究，设沿革、疆域、人物等13个类目；《分论》则以"县各为章，以志各县特有事物，侧重叙录"。当时因经费原因未刊印，作为稿（孤）本存世。

【画面】四川省图书馆（空镜），《四川省方志简编》稿本存放（掠影），《四川省方志简编》（中华书局，2008年7月）

【采访】王嘉陵

（请其讲述保存这批重要文献的故事及整理、印刷情况）

【画面】民国时期出版的若干四川旧志（纷呈叠加）

【采访】吉正芬　西南民族大学教师

民国时期，四川的修志局虽然几经沧桑，但四川通志馆自1942年9月成立，一直延续到新中国成立后的1950年。通志馆的格局依然强调政府修志行为，甚至由省政府秘书长兼任馆长。

由于政府的主导和大量学者的加盟，民国时期四川编纂、出版的志书领跑全国。其体例、体裁、结构方面，较之明清时代更有特点。

（请其作民国时期志书与明清志书的特点比较）

【解说】

民国时期，虽然离乱频频，但四川却相对稳定，甚至一度成为战时的大后方。特别是包括甘孜州等民族地区的通志局（馆）和修志局机构的纷纷设立，体现了政府"资政、辅治"的需求和修志人的诉求以及社会的普遍需要。

【画面】四川省档案馆（空镜），《西康游屐》（张大千画册），《西康建省记》《西康综览》《川康边政资料辑要》《西康图经》等（叠加），《西康通志》（刘开晴初稿，1945年版，抄写本）、《西康通志》撰修纲要和目录、《西康通志·宗教卷》（手写藏文本）（掠影）

【采访】任新建　四川省社科院研究员

《西康通志》撰修于20世纪40年代，包括交通、物产、会议、选举、职官、武卫、司法、财赋、水利、工商、教育、医方、宗教等分志。其撰修的纲要、目录于1940年排印。

（请其介绍《西康通志》《西康通志·宗教志》手写藏文本情况，讲述相关故事）

【画面】甘孜州风貌，《刘赞廷藏稿》（重庆图书馆、四川省民委、北京民族文化宫藏本），刘赞廷所编22部县志（北京民族文化宫印本，1960年）

【采访】秦和平　四川民族大学教授

说到四川藏区县志的编修，不能不说到刘赞廷。他不仅是藏区通，而且算得上是"修志王"了。

民国初年，刘赞廷出任川边军分统。他是地道的军人，又是一位诗人，更是一位了不起的修志人，享有"康藏一支笔"之盛誉。

当走进甘孜藏族自治州修志的历史，我们可以如数家珍般地道出刘赞廷所编志书。他虽系汉族，但足迹却几乎遍及甘孜州各县。在"历边十四年"里，他竟编出24部志书。这些志书有一个显著特点，即几乎均为图志。无疑，这与他作为军人因战事所需有关。

（请其介绍刘赞廷编志情况，讲述关于四川藏族地区志的故事）

【采访】赵心愚　西南民族大学原校长，教授

（请其介绍刘赞廷编修的四川藏族地区志书的特色，讲述相关的故事）

【解说】

重视民族地区的修志是四川修志的特色之一。当时的西康，包括今天的雅安、甘孜、凉山及西藏昌都的一些地方。《西康通志》是民国时期民族地区所修的一部通志，达21卷，具有浓郁的民族特色。

曹雪芹曾感慨写《红楼梦》："十年辛苦不寻常，读来字字都是血。"其实，展阅堆积如山的《西康通志》抄本，我们亦不乏曹雪芹的那一番感慨。这些抄本，让我们领略到西康的山川、民俗、交通、政体等。

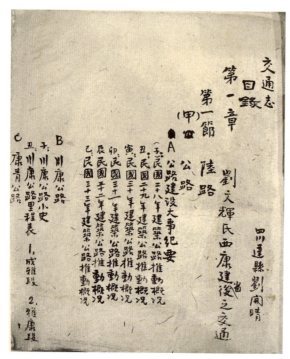

刘开晴著《西康通志·交通志》（手抄本）

该志书的编纂，有益于今天我们推进民族地区的经济发展和社会稳定。

【画面】旧志各种版本，《四川旧志目录提要》

【采访】王嘉陵

（请其重点介绍旧志版本的情况）

【解说】

在现存典籍中，旧志不乏版本学意义。一是版本跨度时间长；二是品类多，有统称的志，有冠以地域的属志、志略、全志等；三是版本种类多，有刻本、排印本、清抄本、传抄本、石印本以及稿本等，有的抄本为当时所抄，有的却是后世所抄。

【画面】《四川省志》（明正德版本）余中英抄本，余中英"抄本"（情景再现）

【采访】王嘉陵

余中英是著名书法家，曾任成都市市长。他抄写志书，发思古之幽情，其实是对历史和记载地方文献志书的敬重。他为我们留下了明代正德版《四川省志》抄本。这个版本和抄本，一古一今，珠联璧合，使志书抄本多元化，丰富了志书的研究。同时，为古籍善本复制重印提供了选择的空间。

（请其介绍余中英抄本的情况）

【画面】 "十二五"国家古籍管理重点图书出版规划项目，《著名图书馆藏稀见方志丛刊》及所出版稀见方志（叠加），《重修四川通志稿（60册）》《四川历代方志集成》《四川方志简编》《四川全图》（清乾隆版本）、《刘赞廷所编纂康藏地区县志》（掠影），《四川历代旧志提要》及四川地方志系统影印或点校旧志《西康通志稿》（民国版本）、《四川通志》（清嘉庆版本）、《顺庆府志》（清康熙版本）、《直隶绵州志》（清同治版本）、《新都县志》（清嘉庆版本）、《犍为县志》（清嘉庆版本）、《富顺县志》（清乾隆版本）、《邻水县志》（清道光版本）、《大竹县志》（清道光版本）、《华阳国志》（明清时期版本）、《金堂县乡土志》（清光绪版本）等（叠加）

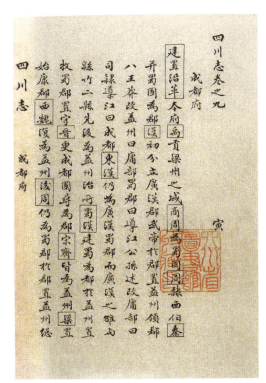

《四川通志》（明代熊相纂修，余中英抄本）

【采访】四川省地方志编纂委员会领导

由于"中华再造善本"工程的启动，国务院《地方志工作条例》和四川省人大常委会《四川省地方志工作条例》的颁布施行，四川的旧志整理迎来了一个明媚的春天。

我们不仅编辑《四川历代旧志提要》这类指导性的工具书，而且影印或点校了一批稀见旧志，特别是《西康通志稿》这样的抄本。我们还注意选择不同时代的版本如《华阳国志》以及濒临绝迹的乡土志如《金堂县乡土志》等版本的影印，使瑰宝再现，让文明重光。

（请其介绍四川旧志整理的情况，讲述相关的故事）

【解说】

志书是中华文明之树盛开的一朵奇葩。对其的整理，价值多元，其中

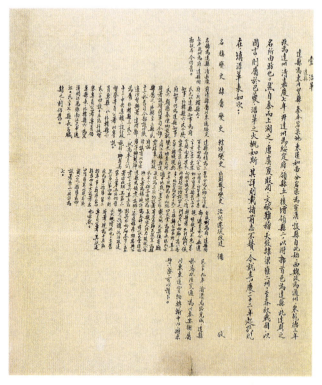

《达县志》（采访册，手抄本）

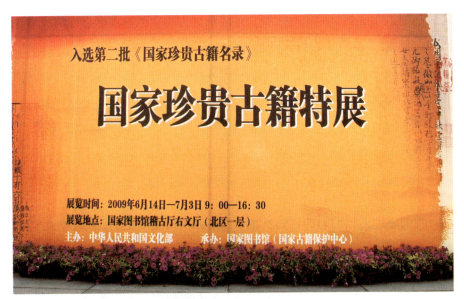

入选第二批《国家珍贵古籍名录》国家珍贵古籍特展（2009年6月–7月，北京）

之一便是编纂方法的讨论。

在我国古来一切的典籍中，志书编纂方法的科学性显而易见。其分列门类具有系统，合于科学方法。志书到清代而被学者研究，几成为一门志书学。这一方面因为志书的流行，另一方面却不得不归因于志书编纂的比较合于科学方法。对此，常璩在《华阳国志·后贤志》开篇便说"善志者，述而不作；序事者，实而不华"。

【画面】国务院、四川省人大常委会（空镜），《地方志工作条例》《四川省地方志工作条例》有关旧志整理条款（特写），成都历代旧志书目一览（西汉至民国185种旧志目录）（特写），《四川历代方志集成（24册）》《成都旧志（16册）》《成都旧志序跋集》及成都市所辖县（区）出版的旧志整理成果（叠加），数字化整理旧志（场景）

【采访】高志刚　成都市地方志办公室主任，四川省地方志学会副会长

成都是志书之源，志书蔚为大观，移步胜景。《成都旧志（16册）》

《成都旧志序跋集》的整理出版，是成都地方志文献整理标志性的成果。我们在与四川大学的合作中，不乏经验。

（请其介绍旧志的整理，特别是旧志的数据化建设。讲述整理出版中的故事）。

【画面】省、市（州）、县（区、市）整理旧志情景和出版成果（叠加）

【解说】

畅游在这片人文荟萃的志海里，徜徉在这片文明浓缩的书林中，浓郁的书香让人们感受到不可言说的美妙。

我们整理四川旧志的目的，在于保留四川历史的记忆，与历史对话，把历史智慧告诉人们，以古鉴今而知得失，为四川科学发展、可持续发展提供其他形式不可替代的服务。

在国务院颁布的《地方志工作条例》和四川省人大常委会颁布的《四川省地方志工作条例》春风的吹拂下，四川普遍开展了旧志普查、整理、出版这一项功在当代、惠及千秋的工作，以点校、注释、影印、原版复制等方式，整理出版了一批旧志。其阶段性的成果证明：四川，不愧为诞生方志大家的地方；四川，不愧为中国的方志之乡！

【画面】《华阳国志·后贤志》开篇（特写），《四川历代旧志目录》（特写），《地方志工作条例》"组织整理旧志"（特写），在醇香四溢的四川名酒汇流中定格

【本集完……隐黑】

魅力天地（上）

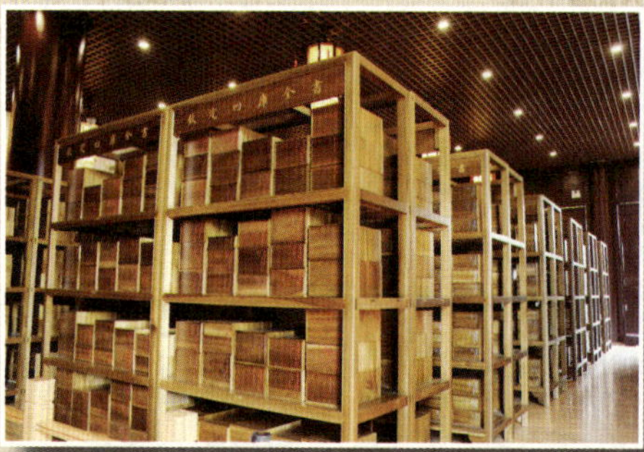

【片名】魅力天地（上）

【画面】新方志成果群（省、市、县三级志书，年鉴、期刊，其他地情成果），志书获奖成果群（奖证），四川方志馆馆藏，《四川省地方志工作条例》（掠影）

硕大荷塘中，别样红的映日荷花在志书中摇曳、亭亭玉立、婀娜多姿

【字幕】1949年10月1日后　巴蜀大地

【画面】四川解放时情景（解放军入成都，欢呼庆祝解放的群众等）

【解说】

中华民族的历史掀开了新的一页。地方志的记录亦为此掀开新的一页！

1954年9月，第一次全国人民代表大会期间，郭沫若与北京大学校长马寅初及山东省教育厅副厅长王祝辰发起《早早编修地方志》的建议。1956年，国务院科学规划委员会在制定《1956年—1967年科学技术发展远景规划纲要（修志草案）》时，将编修地方志列为20个重要

位于北京郭沫若纪念馆的郭沫若铜像。就是这位极度放飞想象的四川人，以他为首率先提出了编修社会主义新方志的建议

都江堰水利工程。1958年3月，毛泽东主席在成都会议期间不仅考察了都江堰灌区，而且圈点朱批了《灌县志》。志书中关于李冰父子科学治水的记载，或许给他了"各地要编修地方志"的灵感

项目之一，要求"全国各县、市（包括少数民族地区）能够迅速编写出新地方志"。

【画面】1958年3月的成都，毛泽东主席接见群众及在成都郫县红光高级农业生产合作社调研，金牛宾馆及银杏别墅，毛泽东主席使用过的桌椅（掠影），都江堰，毛泽东主席考察都江堰灌溉情况

【解说】

治国者以史为鉴，治郡者以志为鉴。作为治国者，毛泽东主席堪称修志问道的代表。无论是在革命战争年代，还是在社会主义建设时期，他均

  装饰一新的成都金牛宾馆银杏庄。1958年3月，毛泽东主席在成都会议期间曾下榻于此。他关于会议的若干构想，甚至"各地要编修地方志"的倡议均源于此

  成都金牛宾馆。1960年3月，毛泽东主席在这里主持了具有历史意义的"成都会议"，并倡议"各地要编修地方志"。社会主义新方志编纂的"横道线"，由此划出

有读志用志的习惯。他曾对地方领导讲述的"下轿问志"故事寓意深刻，至今让人耳熟能详，甚至被一些领导初任职一地时所仿效。

【画面】朱熹"下轿问志"（情景再现）

【解说】

"下轿问志"这个故事，说的是南宋朱熹走马上任南康郡，当地官员轿前恭迎。朱熹下轿即问《南康志》带来没有？顿时让接轿相迎的官员措手不及、面面相觑。

其实，毛泽东主席对地方志的重视非朱熹所能比。无论是革命战争时期，还是社会主义建设时期，几乎所到之处，毛泽东主席都要研读地方志书。

1958年3月，毛泽东主席一到成都便问省委书记李井泉"何为成都"的事，堪称现代版的"下轿问志"。在"成都会议"期间，他调阅和圈点志书的事，更是传为志坛佳话。

【画面】3月，成都平原，麦苗儿青，菜花儿黄

【音乐背景】《毛主席来到咱们农庄》

【解说】

1958年的3月，成都平原麦苗儿青，菜花儿黄，迎来了一个不同寻常的春天。

就是在这个春天，毛泽东主席在成都主持了中央工作会议。刘少奇、周恩来、彭德怀、陈云、邓小平等及各省（区）党委第一书记和中央部委领导均参加了会议。这是一次对中国当代历史产生重大影响的会议，史称"成都会议"。会议提出和研究了许多问题，通过了《关于把小型的农业生产合作社适当地合为大社的意见》等37个中央文件，并首次提出了"鼓足干劲，力争上游，多快好省地建设社会主义"的总路线。

【画面】郫县红光广场，"毛主席和群众在一起雕像"，《活力红光——毛主席来过的地方》《毛主席来到咱们农庄》（歌曲）（特写）

【采访】卫志中　郫县地方志办公室原主任

毛泽东主席注重调查研究，并强调"出以亲身"。他在《二十四

史·唐书·列传九十八》中便有这样的批注"调查研究，出以亲身"。他还有一句名言："一切结论产生于调查研究的末尾，而不是在它的前头。"

【画面】毛泽东主席对《二十四史》批注"调查研究，出以亲身"（特写）

【解说】

重调查研究是毛泽东主席的一贯做派。为开好"成都会议"，他做了大量调查研究，并提前到了成都。

【采访】卫志中

成都会议是1958年3月8日召开的。可是，毛泽东主席4日便抵达成都。他为何要提前到达成都？就是为了开好这次重要会议作调研。

他的调研一是到农村，问道基础群众；二是读志问道，以启决策。他请四川省委办公室的同志从省图书馆借来《华阳国志》《灌县志》《都江堰水利述要》《李长吉集》等志书和诗集，对四川历史和地情进行研究，特别是对成都历史文化与成都平原水利和农业生产进行研究。

【画面】四川省图书馆特藏部，

《毛泽东与二十四史》

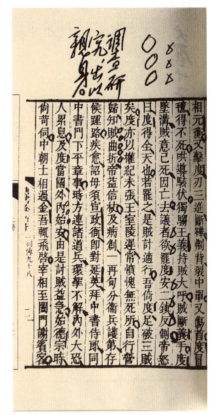

毛泽东点评《二十四史》时批注"调查研究，出以亲身"

89

《毛泽东与二十四史》，毛泽东主席题写书名或圈点或朱批《李长吉集》《四川通志》《华阳国志》《蜀本纪》《灌县志》《都江堰水利述要》等（特写）

【采访】王嘉陵

毛泽东主席一生酷爱读书，尤其是史书和志书。如果说他对一部《二十四史》的浓圈密点是史界的一段佳话，那么对《华阳国志》《灌县志》等志书的作批加注则是志坛的一段美谈。

毛泽东主席当时住在成都城郊的金牛宾馆。他所调阅的志书和史书，据当事人回忆竟拉了一车。

（请其介绍毛泽东主席调阅志书的情况和讲述相关的故事）

【解说】

毛泽东主席圈点和朱批的志书均与四川有关，也与他来川工作即主持

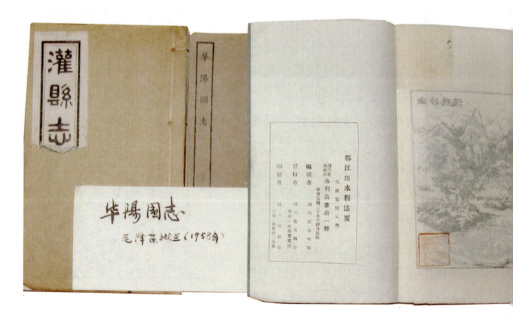

毛泽东主席在成都会议期间圈点朱批的志书（1958年3月）。由于他倡议"各地要编修地方志"，社会主义新方志的编纂由此拉开序幕

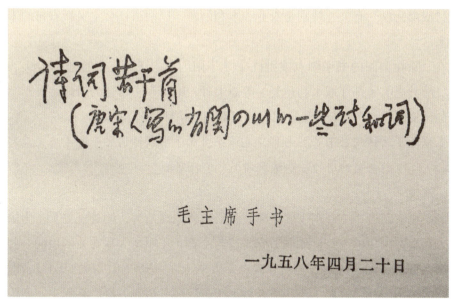

毛泽东主席手书"诗词若干首（唐宋人写的有关四川的一些诗和词）"

毛泽东主席在四川编的书《诗词若干首》（四川人民出版社，1979年4月）

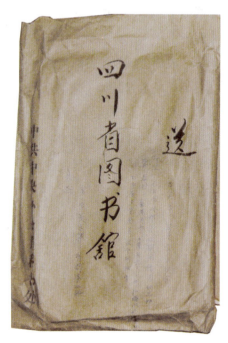

中共中央办公厅秘书处送还的毛泽东借（圈）阅的书

"成都会议"有关，特别是农业和水利问题，以问道社会主义新农村的未来。

除在调阅的书中圈点或批注了《华阳国志》（第三卷蜀志部分）、《灌县志》《都江堰水利述要》等志书外，毛泽东主席还为唐代诗人李贺的诗集题写了"李长吉集"书名，以释诗人情怀。

【画面】《诗词若干首》书影，毛泽东主席手书"诗词若干首（唐宋人写的有关四川的一些诗和词）"（特写）

【解说】

更有甚者，毛泽东主席还颇费苦心地将选编的《诗词若干首》（唐宋人写有关四川的一些诗和词）和《诗若干首》（明朝人写有关四川的一些诗）两部诗词集印发与会领导同志，以期诗词中识四川。1979年4月，四川人民出版社将这两本诗词集合并出版，印数竟达36万册。毛泽东主席为四川编的这一本书，不仅具有特别的历史意义，而且具有广泛影响。

【画面】成都，"成都会议"（场景）

【解说】

"成都会议"在中国当代史上留下了卓然一笔。

毛泽东主席既善于从群众中来，又善于在历史中总结经验和教训。他曾告诫我们："历史的经验值得注意，而我们往往是幼稚可笑的。"为了解决这些"幼稚可笑"的事，他倡议各地要编修地方志。由此，社会主义新方志编纂工作拉开序幕，并注定它一路走来所呈现的波澜壮阔之势。

【画面】20世纪50年代末，北京，《关于新编地方志的几点意见》（特写），侯任之肖像，1958年国务院科学规划委员会主任聂荣臻聘侯任之为地方志组组员证书

【解说】

1958年6月，国务院科学规划委员会地方志组成立，聘请侯任之等为组员。同年10月20日，制定《关于新编地方志的几点意见》。

《关于新编地方志的几点意见》是新中国成立后，关于编修地方志的第一个纲领性文件，对新编方志的领导、指导原则、内容形式、机构组织

聂荣臻聘侯任之为国务院科学规划委员会地方志组组员证书（1958年6月）

等均提出具体要求。它犹如号角，吹响了社会主义新方志编修的。

【画面】20世纪50年代末，嘉陵江流动如练，南充全貌，《南充专区志略》《西充县地方志略》《广安县地方志略》（特写）

【解说】

　　根据《关于新编地方志的几点意见》的精神，在巴蜀大地上，迅速展开修志工作的要推川北的南充了。

　　南充，既是一座孕育了《三国志》作者陈寿的城市，又是一座具有"果城""丝绸之城"美誉的城市。

　　在经历"大跃进"之后的一番沉淀，特别是1959年3月第二次"郑州会议"进一步纠正人民公社化中的"共产风"等错误，人们在阵痛中不断反思，在盲动中不断问志于发展。1959年，南充地区的党委、政府推出一批"志略"，如南充地委办公室编的《南充专区志略》、西充县委编的《西充县地方志略》。特别是邓小平同志的家乡广安县，不仅专设县志编修委员会机构，而且以其名义编修《广安县地方志略》。

【画面】《广安县地方志略》（特写）及目录、图、表（特写）

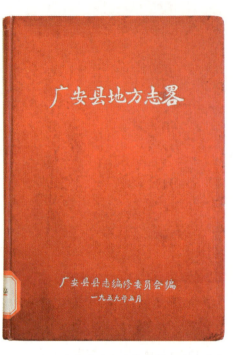

中共南充地委办公室编的《南充
专区志略》（1959年11月）

广安县县志编修委员会编的《广
安县地方志略》（1959年5月）

《广安县地方志略》中的广安县城全景

【采访】夏建平

当时的南充专区，县县出版有"志略"，其中《广安县地方志略》最为精美。它于1959年5月问世，是广安县向中华人民共和国成立10周年献礼的一部志书。

其内容分18类，共11万字，图文并茂，略古厚今，记录了10年来广安人民创造历史和取得的成就，颇像今天我们所编的一个地区的"概览，具有很好的实用性。书为硬封精装，这在当时特别是作为一个县，其装帧恐怕

《四川方志联合目录》（1958年10月）

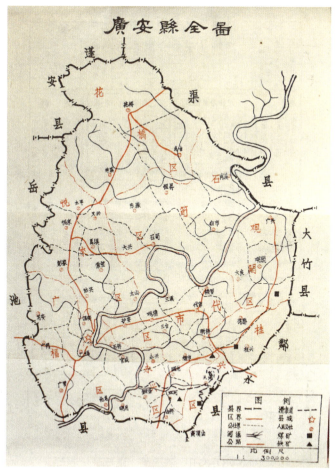

《广安县地方志略》中的《广安县全图》

可以用"豪华"二字来形容了。

【解说】

一石激起千层浪，一花引来百花开。这些"志略"即率先出版的地方志成果，堪称四川社会主义新方志的"东风第一枝"，具有特殊的效应和不可替代的价值。

【画面】1960年3月23日，程子健、康乃尔上书李大章并省人民委员会关于建议成立四川省志编纂委员会的专函，《四川省志编纂委员会主任委员、副主任委员、委员名单》《关于编纂〈四川省志〉的初步意见》；1960年4月，四川省第二届人民委员会第11次全体会议通过成立四川省志编纂委员会的决议，《四川公报》载四川省志编纂委员会成立消息

1960年3月23日，程子健、康乃尔致李大章同志并省人委的建议书

【解说】

1960年的4月13日，这是一个让四川方志人不能忘却的日子。这一天四川省志编纂委员会宣告成立。它的成立，标志着新中国成立以来四川有了第一个省级地方志工作组织机构，中断的《四川省志》编修将高高扬帆而起锚远航。时任省长李大章挂帅出任主任委员，省委统战部部长程子健、副省长张秀熟和康乃尔出任副主任委员，65名德高望重的领导和学者出任委员。它的成立，呈现出党委领导、政府主持的格局。

四川省人民委员会致四川省志
编纂委员会委员的通知书

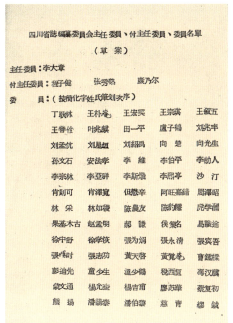

四川省志编纂委员会主任委
员、副主任委员、委员名单

【画面】四川省志编纂委员会旧址（成都中莲池横顺街7号），江在雄、
　　　陈远铭、胡力三在旧址指点

【解说】

　　这里曾是四川省志编纂委员会的旧址。

　　虽然时过境迁，眼前已是一派高楼林立、车水马龙，四川省志编纂委
员会的旧址已淡出人们的记忆，但这个地方曾见证四川社会主义新方志历
史的起飞，让修志者无法忘怀。

　　这一段修志历史——一段不能忘却的峥嵘岁月，让曾经参加过编修
《四川省志》的江在雄、陈远铭、胡力三老人启开了封存半个世纪的记
忆，令他们思绪飞扬、感慨万千。

【画面】李大章照片（掠影），张秀熟照片（掠影），《关于编辑〈四川
　　　省志〉的初步意见》

四川省人民政府省长、首任四川省志编纂委员会主任委员李大章（左一）

【采访】江在雄　时为四川省志编纂委员会编辑

当时的省人委，也就是现在的省政府。根据省人委《关于编辑〈四川省志〉的初步意见》，四川省志编纂委员会由省人委直接领导，省政协协助。全志为15卷，以系年史的《四川近百年大事纪述》为经，以专志14卷即《四川省地理志》《四川省工矿志》《四川省农林水利志》《四川省交通志》《四川省财政贸易志》《四川省盐业志》《四川省教育志》《四川省卫生志》《四川省文化艺术志》《四川省学术志》《四川省文物志》《四川省民族志》《四川省宗教志》《四川省人物志》为纬，成立15个编辑组，由各主管部门组织力量，一边搜集整理资料，拟出专志纲目，一边编写。

【画面】《四川文史资料选辑》（17辑）书影（叠加），《四川近百年大事提纲》，张秀熟著《二声集》，《四川日报》载张秀熟《谈〈四川省志〉的编写问题》（1960年6月9日）、《加强调查研究，认真编好省志》（1961年8月5日）（特写）

【采访】江在雄

特别是"近百年大事纪述编辑组"，编写有《四川近百年大事提纲》。

（请其介绍新中国第一轮《四川省志》编修概况，讲述张秀熟编修《四川省志》中的故事）

【采访】陈远铭　时为四川省志编纂委员会编辑

四川省志编纂委员会成立的第二年，也就是1961年7月，编纂委员会内设办公室和15个编辑组，张秀熟兼办公室主任。

自1961年起至1966年"文化大革命"前，省志编纂委员会与省政协联合出版《四川文史资料选辑》计17辑，所选资料包括从清末到新中国成立各个时期历史的方方面面，是非常重要的修志资料。

（请其讲述张秀熟在组织编纂省志中的故事）

【画面】胡力三赞美张秀熟诗（特写）

【采访】胡力三　四川省地方志编纂委员会退休干部，副编审

（请其讲述张秀熟在组织编辑《四川近百年来大事记述》中的故事，介绍写诗由衷赞美张秀熟的缘由）

《四川文史资料选集》（17集）

【画面】张秀熟与何郝炬，《四川省志·附录》及载何郝炬《百卷书成有怀秀熟老人》诗"廿载成书慨万千，营谋擘画仰前贤"（特写）

【采访】何郝炬　省人大常委会原主任，省地方志编委会原主任

张秀老不仅是新中国四川两轮修志的发起人和领导人，而且对地方志有许多独到见解，特别是对《四川省志》的编纂和组织工作，如他1961年8月5日发表在《四川日报》上的文章《加强调查研究，认真编好省志》，长达万言，堪称四川社会主义新方志的第一篇"万言书"。

（请其讲述张秀熟"文化大革命"前后组织编修《四川省志》中的故事）

【画面】张秀熟照片，张秀熟关于修志的手稿（飞动）（省卫生厅藏），《四川省志》残稿

【解说】

张秀熟德高望重，是成都地区五四运动的领导人。他诗文并重，品格高尚，被人们尊称为"张秀老""张老""秀熟老"。

四川省人民政府副省长、四川省志编纂委员会副主任张秀熟

这个"老"，是指他在党内的资格老，他1926年就加入了中国共产党；这个"老"，是指他主持四川地方志工作的资格老。他是四川社会主义新方志奠基式的人物之一，有关社会主义新方志发轫和发展的点点滴滴都与他息息相关。他具体主持的四川省地方志工作，可以从1960年追溯至"文化大革命"后的四川省地方志编纂委员会的建制。

【画面】"文化大革命"，四川历史文献灰飞烟灭场景（叠加）

【解说】

十年"文化大革命"，十年浩劫！中华五千年文明受到空前绝后的重创，国民经济到了崩溃的边缘，人民陷入深深的灾难。四川的社会主义新编地方志工作被迫中断，省志成为"四旧"的重点，资料稿本被抄没流失，编纂人员被迫害，甚至致死，机构被撤销。

【画面】杨柳律动，春水荡漾，百花争妍，百鸟啼唱；《四川文史资料选辑》（17辑，20世纪60年代初期印刷本，1979年第二次印刷本）（特写）；北京，胡乔木在中国史学代表会上背景资料，中国地方史志协会成立大会暨首届地方史志学术讨论会请柬（1981年7月）

【解说】

"野火烧不尽，春风吹又生。"

中国地方史志协会成立大会暨首届地方史志学术讨论会请柬

政协四川省委主席、四川省
地方志编纂委员会第一任主任任
白戈

1980年4月，中国迎来了编修地方志的春天。

这个春天的标志是：中共中央书记处书记、中国社会科学院院长胡乔木在北京召开的中国史学会代表大会上慷慨陈词："地方志的编纂，也是迫切需要的工作，现在这方面的工作处于停顿状态，我们要大声疾呼，予以倡导。要用新的观点、新的方法、新的材料和新体例，继续编写好地方志。"他还强调"我国向来就有编史修志的优良传统，必须把这个传统继承和发扬光大起来。否则我们就上对不起祖宗，下对不起子孙后代"。

这次会议和胡乔木的讲话，给因"文化大革命"被迫中断的社会主义新编地方志的重新启动，带来了春天的信息，带来了起飞的机遇。

（视频数据采集：《方志中国》）

【画面】历任四川省地方志编纂委员会主任委员任白戈、何郝炬、谢世杰、蒲海清、顾金池、张中伟、杨崇汇、蒋巨峰、魏宏（特写），省、市、县级地方志机构挂牌（叠加），四川省地方志协

（学）会挂牌（叠加），修志（场景）

【解说】

"笔惊风雨春潮急，文继马班盛世声。"

1981年10月，中共四川省委决议设置四川省地方志编纂委员会，继续纂修省志并指导全省各地（市、州）、县的修志工作。时任省政协主席的任白戈出任主任委员。继之，历任常务副省长出任主任委员至今。

如果说四川省省志编辑委员会只是编辑省志，那么四川省地方志编纂委员会的成立，则吹响了四川省、市、县三级志书全面编修的"集结号"，标志着四川社会主义新方志编修进入了一个崭新时期。

【画面】1982年12月18日，四川省地方志编纂委员会工作会议（场景），

张秀熟讲话：《编纂〈四川省志〉工作的经验教训》（载《四川地方志通讯》1983年第1期），《四川日报》报道（特写）

【解说】

"东风夜放花千树。"这次会议称得上四川新编省、市、县三级志书的誓师大会，一派地方志闹"元宵"的盛景，将四川社会主义新方志编修推向新的高潮。

【画面】20世纪80年代初，省、市、县三级地方志工作通讯（叠加），荣县县

荣县县志编纂委员会《关于编纂〈荣县志〉征集有关资料的通告》

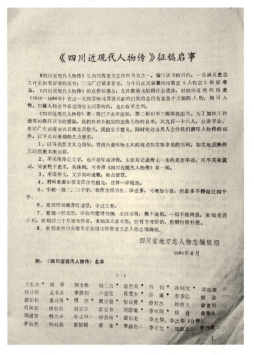

《四川近现代人物传》征稿启事

志编纂委员会《关于编纂〈荣县志〉征集有关资料的通告》，马国栋、胡力三、张伯龄等指点如山般的志书资料

【采访】张伯龄

兵马未动，粮草先行。搜集资料的工作如火如荼展开，甚至家喻户晓，从各地政府地方志编纂委员会发布的通告便可以感到。

（请其介绍20世纪80年代初期如火如荼的修志工作和讲述搜集地方志资料的故事）

【画面】《四川近现代人物传》征稿启事，如山一般高的第一轮志稿，省方志馆（省档案馆内）（掠影）

【采访】马国栋

书写春秋，传之世人，既是修志人的愿景，更是我们肩上一副沉甸甸的重担。

（请其介绍20世纪80年代初期修志的情况）

【画面】第一轮志书，全国地方志成果展及四川展区（掠影）

【解说】

如鉴如衡千秋笔，求真求是万代书。

睹书生情，思绪万千。面对这浩瀚的书稿，张伯龄、马国栋两位修志者解读了"皓首穷经"的内涵，见证了"十万修志大军"的局面。那个局面是何等的波澜壮阔，摇曳心旌。

让人感动的还有《内江市志》的题署。

【画面】《内江市志》（特写），台湾摩耶精舍张大千蜡像，张大千题"内江市志"（情景再现）（可辑《百年巨匠——张大千》资料）

【采访】余崇威　内江市党史地方志办公室主任

关于《内江市志》题署的人选，一时讨论纷纷，但最后一致意见是请国画大师张大千。

"巴山夜雨涨秋池。"八旬老人张大千，饱蘸相思，饱蘸柔情，饱蘸浓墨，用他如椽之笔写下了"内江市志"书名。

（请讲述《内江市志》编修故事及张大千题署"内江市志"的故事）

【画面】《什邡县志》（掠影），张秀熟《关于人物志与人物传问题答什邡县志编委会》（特写）

【采访】马国栋

生人是否入志和人物志与人物传的问题，在当时可以说众说纷纭，方

张秀熟同志在绵阳市志编纂工作会议上讲话（1984年10月27日）

志界讨论沸沸扬扬。为此，什邡县地方志办公室的同志写信请教张秀熟同志。没想到89岁高龄的张秀老很快给予回复，并赞扬："你们的问题，写得很好，非于治史有修养者不能。甚佩！"

这封信虽然已经30年，但关于县志如何列人物一目，依然具有指导意义。

（请讲述时与张秀熟的通信和编修《什邡县志》的故事）

【解说】

《内江市志》《什邡县志》这两部志书出版的时间，一是1987年，一是1988年。它们分别是四川社会主义新方志的第一部城市志和县志。早于四川省地方志编纂委员会的成立时间。分别于1980年和1981年的1月开始编修。然而修志的地方——内江市和什邡县，是1983年在全国"洛阳会议"上确定的，即一部是城市志，一部是县志，而且纳入国家哲学社会科学发展"六五"计划首批成果。

【采访】四川省地方志编纂委员会原领导

（请其介绍20世纪90年代初期修志中的情况和讲述相关的故事）

【采访】四川省地方志编纂委员会原领导

（请其介绍20世纪90年代后期修志中的情况和讲述相关的故事）

【画面】成都市永兴巷15号（省政府第二办公区）大楼，办公场地（场景），四川省地方志编纂委员会建制文件，各种资料索引和汇编书目，中共四川省委、省人民政府修志文件，四川省地方志编纂委员会出台的修志规范等

【解说】

这里，是四川省修志的中枢机构。有关四川修志的规划和规范，从这里走向各市（州）县（市、区）。

四川省地方志编纂委员会简介（掠影）。

【画面】何郝炬审读《四川省志》，在四川省第六次地方志工作会和新编地方志成果展上（特写），其诗集《澄愚集》、自传体小说《霜天晓月》（上下）等（掠影）

【采访】何郝炬

（参考音像资料。请其讲述第一轮修志中一两个感人故事）

【采访】黄友良　四川省地方志编纂委员会原省志总编室主任，编审

《四川省志》凝聚了何主任的心血。十多年来，地方志工作会他一次都没有落下。他有一个特点，就是在会上从来不讲话或作所谓的"重要指示"。我曾经问其原因，他笑笑回答说："我只是来给大家鼓劲的。"

四川省人民政府常务副省长、省地方志编纂委员会主任何郝炬

是的，他像春雨润物细无声；是的，他就是这样默默地支持地方志事业的发展。

（请其讲述何郝炬修《四川省志》的故事）

【画面】何郝炬，为《四川省志》所作的100首诗并书法（情景再现）

【解说】

在修志工作中，许多人既是领导者，又是参与者。省人大常委会原主任、省地方志编委会原主任、《四川省志》审核委员会负责人何郝炬便是其中的一位。他受中共四川省委的委托，受老领导张秀熟的嘱托，与地方

病榻上的岳忠同志（2008年8月）

志为伍前后长达16年，不仅领导和组织了四川省地方志工作，而且逐一审读修改了《四川省志》计79卷、4500万字（成书字数）。他还满怀深情地为《四川省志》作序并为各卷及重大活动、人物写诗计100首。

【画面】岳忠在地方志工作会上讲话，为四川省新编地方志成果展题诗
（《巴蜀史志》1999年特刊），在四川省第六次地方志工作会和
新编地方志成果展览上，张中伟省长特别颁发四川省人民政府授
予岳忠"地方志先进工作者称号"证书（特写），岳忠在病榻
上，春蚕吐丝（剪影），烛光摇曳（剪影）

【解说】

无独有偶，与四川地方志为伍长达16年的还有岳忠同志。

1984—2000年，岳忠同志曾受省政府主要领导委托，协调四川省地方志编纂委员会工作。4500万字的《四川省志》，在他的笔下勾勾了了，逐一游走。1998年，在全省县级志书续修研讨会上，就四川县志续修志书问题，他率先提出了"续""补""纠""创"的理念，具有指导续修志书

的前瞻性和重大意义。

【采访】岳忠　省政府原副秘书长，省地方志编纂委员会原副主任，《四川省志》审核委员

（已故。其视频数据采集：已辑音像资料、四川省第六次地方志工作会和四川新编地方志成果展音像资料）

【采访】黄友良

（请其讲述岳忠同志修志的故事）

【解说】

是的，他是四川方志界的一只春蚕；是的，他是四川方志界的一支蜡烛。唐代诗人李商隐的《无题》诗句"春蚕到死丝方尽，蜡炬成灰泪始干"，仿佛就是给岳忠这位为地方志事业鞠躬尽瘁的人而书写的。

【画面】眉山三苏祠，王致修出版著作《续修地方志操作》，在《中国地方志》《巴蜀史志》发表的论文，主编的《眉山县志》《眉山县志》（续）等志书及获奖证书，讲课（场景）

【采访】王致修　眉山县（今东坡区）地方志办公室原主任，副编审

（请其介绍第一轮修志和讲述《眉山县志》与苏东坡的故事）。

【解说】

王致修是地方志的组织者、编纂者、研究者、传播者。

这位苏东坡的同乡，说他是组织者，20世纪90年代他任眉山县地方志办公室主任；说他是编纂者，他主编的志书竟达31部；说他是研究者，他著有《续修地方志操作》等书；说他是传播者，他曾在全国省、市、县地方志培训班讲课，故他的名字注定了与修志的情缘。

有意思的是，他的名字可以倒着念，即"修致（志）王"。是的，地方志同仁亲切地叫他"修志王"！而他亦风趣地回答：只要一息尚存，一定笔耕不辍，修志到"亡"。

【画面】四川省志成果群，《四川省志·人物志》，朱德、邓小平、陈毅、郭沫若、巴金、张大千等人物（特写）

社会主义新编《四川省志》1种，79卷

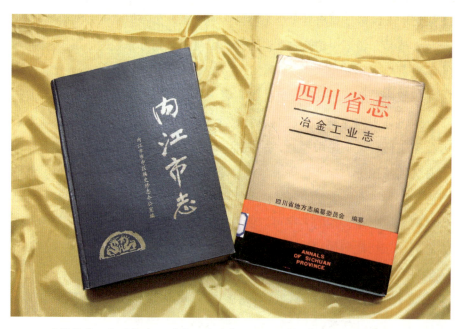

四川新编第一部县级志：《内江市志》；四川新编《四川省志》第一部分志：
《冶金工业志》

【解说】

正是修志工作者的薪火传承，堪称四川文化工程的《四川省志》才得以大功告成。

《四川省志》计79卷，堪称四川近现代的百科全书。其中一卷为《人物志》，以传、录方式记录了1027个人物。这些人物囊括四川省政治、军事、经济、科技、文化、教育等各界精英，甚至不乏"通天接地"者，如朱德、邓小平、陈毅、郭沫若、巴金、张大千等。这些人物具有四川人"君子精敏"的特质，所串联起来的不仅是四川近现代史，而且是中国近现代史。

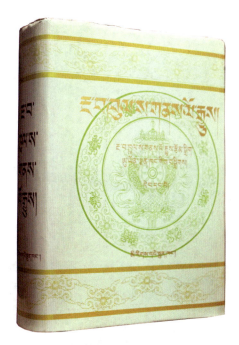

新中国第一部藏文州志：《阿坝州志》

【采访】流沙河

"君子精敏"源自《华阳国志·蜀志·说蜀地》。这个"君子精敏"，就是四川名人的特质。

（请其讲述四川名人的特质，最好以故事开头）

【采访】袁庭栋　文化学者

（请其讲述四川名人的特质，最好以故事开头）

【采访】伍松乔

（请其讲述四川名人的特质，最好以故事开头）

【画面】《四川省志·民俗志》（特写），市县级志书对民俗记载（特写）

【解说】

如果说《四川省志·人物志》中的人物在不同领域展示了其瑰丽风采，那么《四川省志·民俗志》却要告诉我们：一方水土怎么养一方人。

已出版的部分县级志书

已出版的部分专业志书

【画面】成都宽巷子、窄巷子、锦里，街子、黄龙溪等古镇及其民俗表演
（掠影）

【采访】流沙河

（请其讲述四川民俗对四川人的影响，最好以故事开头）

【采访】袁庭栋

（请其讲述四川民俗对四川人的影响，最好以故事开头）

【采访】谭继和

（请其讲述四川民俗对四川人的影响，最好以故事开头）

【画面】《四川省志·方言志》（特写），代表性方言（特写）

已出版的部分山水志

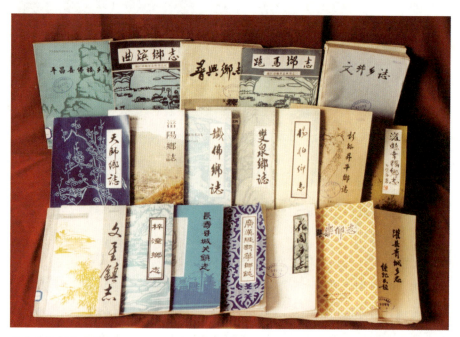

已出版的部分乡镇志

【解说】

如果说《四川省志·民俗志》回答了"一方水土养一方人"的真理，那么《四川省志·方言志》要告诉人们的却是：四川人的活力四射之所在，四川人的精神状态之所在，四川人的意趣情致之所在。

四川方言发展到今天不仅具有顽强生命力，而且不乏时代气息，甚至影响整个中国，如1994年在成都举办的一场全兴足球赛事中，"雄起"一词呼之而出。

【画面】成都，全兴足球赛（场景）

【解说】

"雄起"是"加油"的意思，但音调系上声，属于仄声范畴，故显得掷地有声、铿锵有力。而"加油"一词则属于平声，缺乏力度和力量，特别在体育竞技场上。俗到极致便是雅，故诗人流沙河说"雄起乃大雅"。

四川第二轮修志出版的第一本特色志：《四川省志·方言志》

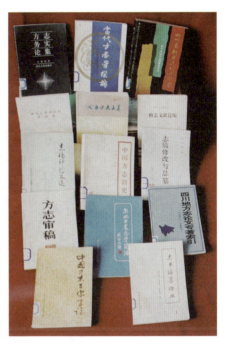

已出版的部分方志研究学术成果

【画面】四川风情（掠影）

【采访】流沙河

　　方言是一方人的语言，更是一方人语言智慧的结晶。四川方言以幽默、俏皮、轻松、豁达、形象著称，如"安逸""巴适""舒服"等，颇能表达四川人小富即安的一种生活状态。画家石涛在《画论》中大讲特讲创作个性追求，即"我之为我，自有我在"。其实，这也很符合四川人对生活品质的追求。

　　（请其讲述四川方言特色，最好以故事开头）

【采访】赵振铎　　四川大学教授

　　（请其简述四川方言的起源，最好以故事开头）

【采访】邓英树　　《四川方言志》主编，四川师范大学教授

　　（请其简述四川方言的发展，最好以故事开头）

【画面】乐山大佛，峨眉山山门，山景，云海，清音阁，佛光、万年寺、

四川省地方志编纂委员会主办的《巴蜀史志》，2001年公开发行

报国寺、伏虎寺，峨眉山管委会山志办公室，《峨山图说》（清光绪版）、《峨眉山志》《峨眉山—乐山大佛申报"世界文化和自然遗产"》文本等

【解说】

志书中的记载不仅与我们日常生活有关，而且与我们组织开展的重大活动有关，甚至直接服务于社会各个层面，比如：峨眉山—乐山大佛申报"世界文化和自然遗产"。这份殊荣的获得，不仅提升了美丽四川的高度，而且增加了中国非物质文化遗产的厚度。

【采访】郑必辉　峨眉山管委会山志办编辑

（请其讲述地方志与峨眉山—乐山大佛申遗的故事）

【画面】大熊猫，成都大熊猫繁育研究基地，卧龙自然保护区，熊猫作为使者邦交美国（《申报》1939年10月29日报道《四川熊猫过沪运美》）、宋美龄送美国大熊猫由财政部所发护照（1941年），《四川省志·大熊猫志》

获奖的部分志书

第一轮修志获奖证书

四川省地方志编纂委
员会获四川省政府颁发的
"先进单位"奖牌

【解说】

　　熊猫是地球上孑遗至今的珍稀动物之一，也是由四川推向世界的国宝，早在民国时期，它便作为中华友好使者出使美国。

　　新中国成立后，熊猫更是频频作为友好使者前往苏联、美国、朝鲜、日本、西班牙、法国、英国、墨西哥等国。中央政府还将熊猫作为特殊礼物分赠给中国的香港、澳门、台湾地区。

【采访】张志和　成都大熊猫繁育研究基地主任，研究员

　　　　（请其讲述志书与大熊猫研究和保护的故事）

【画面】《汶川纪略》（清嘉庆版）、《平武县志》《南坪县志》《宝兴
　　　县志》《天全县志》等记载大熊猫资料（特写）

中共四川省委、四川省人民政府颁发的关于修志工作的部分文件

【解说】

对于熊猫的命名、产地、习性、保护等，四川诸多县志均有记载。

熊猫憨态可掬，我们并不陌生。然而，它最初的名字叫"白熊"，却很少有人知晓。翻开《汶川纪略》便可以看到这样的记载。正是这些记载，有了历史档案，使大熊猫有了历史的厚度，有了更为广泛的意义和更高的价值。

【画面】胡昭曦著《四川书院史》《巴蜀历史考察研究》（掠影），成都锦江书院，尊经书院，四川大学，石室中学等（特写）

【解说】

如果说峨眉山—乐山申遗的文本与大熊猫研究和保护是群体成功运用志书的一例，那么胡昭曦教授广泛采纳志书中的资料为学术服务可谓读志、用志典型的个案了。

他所著的《四川书院史》，引用志书竟达100余种，包括一统志、通志、府志、县志、校志，而这些志书的修纂年代从古至今达数百年。

【采访】胡昭曦

（请其介绍以志写《四川书院史》《巴蜀历史考察研究》，特别是《四川书院史》的趣事）

【画面】黄剑华著《〈华阳国志〉故事新解·前言》《古蜀金沙》《古蜀的辉煌》《金沙遗址》《金沙考古》《天门》《三星堆》（掠影）

【解说】

与胡昭曦教授惊人相似，以方志来为学术服务的还有黄剑华研究馆员。

黄剑华长期从事文博工作和文史研究，特别是对于古蜀文明与三星堆和金沙考古的研究，成果累累。然而，这些成果竟得益于他的读志、用志。由此他感慨：感谢常璩，感谢《华阳国志》，感谢方志。

【采访】黄剑华

在我对四川古代文化的研究中，除借助史书，《华阳国志》是我非常喜欢和经常引用的一部志书。我的研究对象不少源自《华阳国志》。

在谈创作体会中，作家们往往说感谢生活。而对于地方文化研究的我却要说：感谢常璩，感谢《华阳国志》，感谢地方志。

（请其讲述读、用《华阳国志》对自己学术研究影响的趣事和故事）

【解说】

是的，读志、传志、用志，在今天已成为一种时尚。在为社会、经济、文化、教育等服务中，志书作为重要地情工具书，越来越被关注，峨眉山—乐山大佛的申遗和胡昭曦教授、黄剑华研究员的写作，只是其中之例。

最大规模的读志成果展示却是在四川省新编地方志成果展上。

【字幕】2000年11月16日　成都

【解说】

这一天，对于一般人来说也许普普通通。然而，它对于四川修志人来说，却是异常得不平凡。这一天，四川省第六次地方志工作会议暨总结表彰大会召开；这一天，四川省新编地方志成果展隆重开幕！

全国新编地方志成果展（1999年10月18日，北京）

全国新编地方志成果展四川展区（1999年10月18日，北京）

四川省第六次地方志工作会议暨总结表彰大会（2000年11月16日，成都）

四川省第六次地方志工作会议暨总结表彰大会主席台（2000年11月16日，成都）

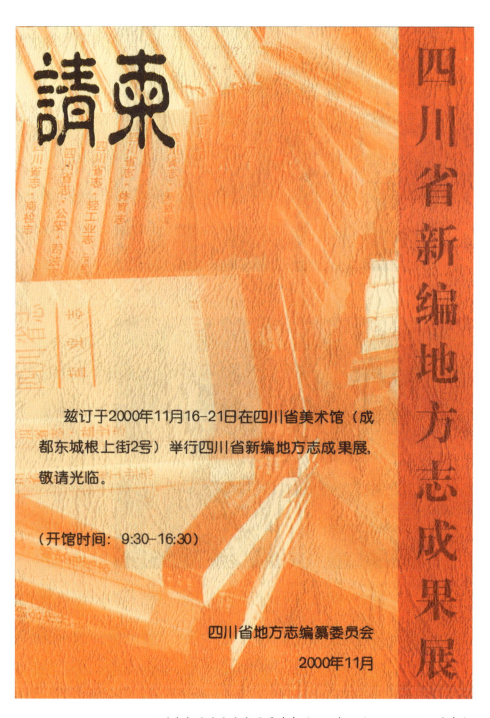

請柬

四川省新编地方志成果展

兹订于2000年11月16-21日在四川省美术馆（成都东城根上街2号）举行四川省新编地方志成果展，敬请光临。

（开馆时间：9:30-16:30）

四川省地方志编纂委员会

2000年11月

四川省新编地方志成果展请柬（2000年11月16日至21日，成都）

四川省新编地方志成果展开幕式（2000年11月16日，成都）

四川省新编地方志成果展开幕式奏乐（2000年11月16日，成都）

【画面】成都金牛宾馆，四川省第六次地方志工作会议暨总结表彰大会盛
　　　　况，颁奖，奖牌，代表合影等

【剪辑组合】省委副书记、省长张中伟"认真读志用志，继续抓好修
　　　　志"，省政协主席、中指组成员聂荣贵"修志工作一届比一届搞

得更好"，省委副书记、常务副省长、省地方志编委主任杨崇汇讲话，中指组常务副秘书长单天伦"再接再厉，将四川省地方志事业推向新的发展阶段"讲话（同期声）

同志们：

全省第六次地方志工作会议暨全省本届修志工作总结表彰大会今天开幕了。这次会议，将对四川省自20世纪80年代以来的新编地方志工作进行全面总结；将对改革开放以来在修志战线上奋战了20个春秋的先进集体、先进个人进行表彰；还将对新千年的续修志书工作进行总动员。这是一次继往开来的修志工作的重要会议讲话。（杨崇汇同期声）

我代表省委、省政府，向今天受到表彰的修志工作先进集体和先进个人表示热烈祝贺，向修志战线上的全体干部职工表示亲切慰问！

左起：霍力进、单天伦、聂荣贵、何郝炬、张中伟、杨崇汇等领导在四川省新编地方志成果展览上（2000年11月16日，成都）

张中伟、聂荣贵、杨崇汇、何郝炬等领导参观四川省新编地
方志成果展（2000年11月16日，成都）

经过20个春秋的不懈努力，本届修志任务已全面完成。新编《四
川省志》一举填补了184年无省级志书的历史空白，新编地方志丰富
了巴蜀文化资源宝库，是传承后人的一笔宝贵的精神财富。（张中伟
同期声）

四川省的地方志工作是走在全国前列的省区之一。我希望四川的
同志再接再厉，将四川省地方志事业推向新的发展阶段。（单天伦同
期声）

我希望各级党委、政府继续加强对地方志工作的领导，因为这项
工作还没有结束，而且要一届一届永远坚持下去。要像历届省委、省
政府一样，支持他们的工作，解决他们的困难，使我们的修志工作一
届比一届搞得更好。（聂荣贵同期声）

（视频数据采集：四川卫视《今晚10分》、碟片《光荣历程，辉煌成
就》、省志编委所存录像带）

【解说】

四川省第六次地方志工作会议暨总结表彰大会，是四川社会主义新方志历史上值得用浓墨重彩书写的盛会，是四川地方志继往开来的盛会。

这次会议，对四川省自20世纪80年代以来的新编地方志工作进行了全面总结。20年辛苦不寻常，20年取得的修志成就令人思绪万千，心潮澎湃。

本届修志是四川省有史以来最大规模的文化建设工程，省、市、县三级志书全面完成，出版地方志成果6000余种，达数亿字。其中，新编《四川省志》填补了自清代嘉庆二十一年（1816）以来四川184年无省级志书的历史空白，为近两百年一路走来的四川提供了历史依据；一些市、县级志书，亦为当地有建制以来首次修成。

这一硕大的志书成果群，包括志书所设计的篇目，体现了社会主义新方志的时代特色，展示了一代方志人勇于探索和努力奉献的精神。

【画面】成都天府广场，四川美术馆，四川省新编地方志成果展览开幕式及展览成果（视频数据采集：四川卫视《今晚10分》、碟片《光荣历程，辉煌成就》、省志编委存录像带），《人民日报》（海外版）、《四川日报》等报道（叠拼），《四川日报·天府周末》专稿《盛事修志——四川最大的文化建设工程》（特写），《巴蜀史志·特刊》（特写）

【剪辑】杨崇汇：《四川省新编地方志成果展开幕词》（同期声）

各位来宾：

四川省新编地方志工作，是一项系统浩大的文化建设工程。

本展览汇集全省各市州及省直部门近20年编纂的方志成果，这是全省方志工作者向新千年献上的一份厚礼，也是有史以来我省编纂的规模最大、内容最详备的一套地情书和省情书。我们要发扬我省修志优良文化传统，做好新方志的续修工作，进一步推动地方志事业的发展，服务当代，垂鉴后世。

现在，我宣布全省新编地方志成果展开幕！

【画面】四川省新编地方志成果展场景（特写）

四川省新编地方志成果展第一展室

四川省新编地方志成果展第二展室

四川省新编地方志成果展第三展室

四川省新编地方志成果展中的常璩塑像

落笔述天地

【解说】

　　落笔述天地，志成鉴古今。

　　是的，四川省新编地方志成果展告诉人们：缺失的历史记忆，终于有了完整记载；空白的资治，终于有了有效弥补；教化的内容，终于有了特别扩展！

　　是的，四川省新编地方志成果展昭示人们：地方历史是一面镜子，建设现代化的四川需要这面镜子；地方历史是一笔财富，在四川修志工作者的笔下累积并熠熠生辉！

【画面】古铜镜（叠加），笔砚（叠加）

　　　　满池荷花，荷香四溢；浩瀚志书（含其他地情资料），书香四溢。（定格）

[本集完……隐黑]

魅力天地（下）

【片名】第四集　魅力天地（下集）

【画面】新方志成果群（第二轮省、市、县三级志书、《汶川特大地震四
　　　　川抗震救灾志》、年鉴、期刊、其他地情成果），志书获奖成果
　　　　群（获奖证书），四川方志馆馆藏，四川方志馆新址及概念图，
　　　　《四川省地方志工作条例》《四川省地方志工作条例（修订）》
　　　　《四川省地方志工作条例（实施办法）》（叠加）

　　　　硕大荷塘中，别样红的映日荷花在志书中摇曳、亭亭玉立

【字幕】20世纪　巴蜀大地

【画面】四川改革开放新貌，成果（叠加）

四川省地方志编纂委员会简介

【解说】

巴蜀大地，又翻新页；方志纪录，再度刷新！

【画面】四川省第七次地方志工作暨先进表彰大会会议（场景）

【剪辑】蒋巨峰：四川省第七次地方志工作暨表彰大会讲话（同期声）

同志们：

这次会议是新世纪省政府召开的第一次全省地方志工作会议，标志着我省第二轮修志工作的全面启动。会议的主要任务是：总结过去5年的地方志工作，部署今后5年地方志工作，并对地方志工作中的先进集体和个人进行表彰。

【解说】

2005年11月23日，又是一个不平凡的日子。四川省第二轮修志工程的序幕由此拉开，四川省地方志事业发展的"集结号"再度吹响。

【画面】中共四川省委办公厅、四川省人民政府办公厅关于全面开展四川省第二轮修志工作的通知，四川省续修（新修）省、市（州）、县（市、区）地方志规划表，中国地方志指导小组办公室授予四川"全国第二轮修志工作试点单位"挂牌

【解说】

第二轮修志所记录时间的上限原则为1986年，下限原则为2005年，记述的内容正好是四川人民在省委、省政府领导下探索建设中国特色社会主义道路、实行改革开放、加快经济社会发展步伐的重要历史时期。

第二轮修志规模宏大，除市、县级志书外，仅省志就达93部，5000万字，堪称四川文化建设的一项重大工程。四川省地方志编纂委员会由此成为全国省级修志的试点单位。

在93部省志中，带"川"字号的有《川菜志》《川酒志》《川茶志》《川剧志》。这些特色志，记录了构成川魂的一系列特色，使之扬名天下。

【画面】《四川省志·川菜志》前置图，琳琅满目的四川菜肴，川菜馆，郫县川菜博物馆等（掠影）

【采访】李新

　　川菜是中国8大菜系之一，是舌尖上的中国最具色、香、味的一种。

　　（请其讲述川菜与川菜志）

【画面】眉山三苏祠（空镜），苏东坡塑像，苏东坡著作，东坡酒楼，东
　　　　坡肘子（特写）

【采访】刘川眉　眉山市社科联副主席，作家

　　说到川菜和《四川省志·川菜志》，不能不说到我们家乡的先贤苏东
坡。

　　（请其介绍苏东坡与川菜及其粉丝）

【解说】

　　苏东坡是中国古代文化人的代表。他不仅是诗人、散文家、书法家，
而且还是烹饪家、美食家，东坡肘子便是他历经千年不衰的招牌菜，甚至
影响到我们今天。他的粉丝人数众，不可历数。

【画面】《四川省志·川菜志》，张大千菜肴的记载，张大千治厨，张大
　　　　千菜单，《大千风味菜肴》，张大千的果蔬和牛肉面画作，大千
　　　　菜制作（情景再现）（辑录资料）

【采访】杨国钦　四川饮食协会常务理事，特级厨师

　　历千年来，苏东坡最典型的粉丝要推张大千了。

　　张大千头戴的东坡帽便是他的招牌。在美食制作方面，张大千这位苏东
坡的粉丝算得上青出于蓝而胜于蓝了，为世人留下了脍炙人口的许多故事。

　　（请其讲述大千菜与张大千治厨和张学良"抢"菜单的故事）

【解说】

　　文化名人中，与苏东坡跨越时空而遥相呼应的烹饪家、美食家恐怕要
推国画大师张大千了。张大千不仅是烹饪高手，而且精于食道。徐悲鸿不
仅称道张大千的画是"五百年来第一人也"，而且还感慨"大千蜀人也，
能治蜀味，兴酣高谈，往往入厨作羹飨客"。

【解说】

　　如果说《四川省志·川菜志》记录了舌尖上的四川，丰富了舌尖上的

中国；那么《四川省志·川酒志》则记录了"醉"的四川，圆满了世人一醉方休的愿望。

【画面】《四川省志·川酒志》前置图，川酒"六朵金花"，酒窖，酒池，酒器皿，泸州赤水河摩崖石刻等

【采访】流沙河

中国是诗的国度。诗与酒密不可分，故有"诗酒文饭"的比喻。至于酒与诗人一路走来的不解之缘历历可数，诗仙李白就是其中的代表。

（请其讲述"李白斗酒诗百篇"的故事）

【画面】五粮液、剑南春等酒博物馆，酒肆，坝坝宴（掠影）

【采访】伍松乔

酒壮情怀，与川人息息相关，可谓无酒不成席。酒文化风行巴蜀大地，其深度和生动是《世说新语》刘伶病酒的故事不能与之比拟的。

（请其讲述川酒与川人的故事）

【画面】《四川省志·川茶志》前置图，茶山，采茶及其焙制（场景），茶技艺表演（掠影）

【解说】

茶让人们唇齿留香。在品新茶的时候人们不乏感悟，故四川方志人有一首诗这样写道："唇齿留香一口茶，顿悟君子言勿差。摒弃空洞打妄语，真话插翅传天涯。"

是的，如果说酒香醉了"千水之省"的四川，那么亦可以说茶香醉了美丽四川，因为一部《四川省志·川茶志》便是最好的诠释。

【画面】《名山县志》（清光绪版本），蒙山，茶祖吴理真，吴理真植银杏果王（"空谷十二钗"），蒙顶山皇茶采制大典，植茶始祖吴理真祭祀大典

【采访】谭继和

四川是茶的故乡，若干的茶事活动在志书中均有记载，譬如名山县从2003年开始举行的"蒙顶山皇茶采制大典"和"植茶始祖吴理真祭祀大典"仪式，便完全照搬了《名山县志》记载的祭祀内容。

"扬子江心水，蒙山顶上茶。"茶祖吴理真是川茶的骄傲，他在四川留下了许许多多的故事。

（请其讲述茶与四川的故事）

【画面】成都悦来茶馆，望江楼茶馆，锦里茶馆，文殊院茶馆等（掠影）

【采访】茶客、茶铺老板

川人爱茶与爱酒如出一辙。如果说历史上有"刘伶病酒"的故事，那么现实中亦有茶客醉茶的故事。

（请其讲述茶与川人及茶客醉茶的故事）

【画面】四川省川剧院、成都市川剧院等（空镜），川剧吐火、顶灯、变脸、水袖等表现（演），服饰、道具，川剧剧本等（掠影）

【解说】

品罢新茶，摆过"龙门阵"，四川人还好一口——那就是川剧了。

自然，源远流长和老少咸宜的川剧成为《四川省志·川剧志》表现的内容。

【画面】乡村，坝坝戏剧场，川剧表演，《走着唱着》

【采访】川剧迷

我们这里是一个戏窝子。看戏就像喝早茶一样，一天都不离戏。

（请其讲述一个群体痴迷川剧的故事）

【画面】川剧舞台，川剧表演

【采访】陈智林　四川省川剧院院长，一级演员

（请其讲述川剧起源和振兴川剧中的故事）

【画面】《四川省志·川剧志》及前置图

【采访】杜建华　《四川省志·川剧志》主编，研究员

（请其讲述编写川剧志的故事）

【画面】中共四川省委（空镜），中共四川省委《关于四川实现文化大省向文化强省跨越式发展的决定》《关于深化文化体制改革，加快建设文化强省的决定》，中国信息化建设成就（叠加）

【解说】

　　较之第一轮修志，第二轮修志进入了一个崭新的发展时期，这既是在四川文化大省向文化强省跨越式发展的大背景中进行的，又是在落实中共四川省委《关于深化文化体制改革，加快建设文化强省的决定》的大背景中进行的，也是在依法修志和数字化建设及其广泛应用格局中进行的。

【画面】四川省人大常委会（空镜），《四川省地方志工作条例》及其座谈会（场景），《巴蜀史志》（2003年第5期）中"特载""学习宣传《条例》圆桌谈""学习宣传《条例》动态"（翻动），《四川日报》报道（2005年9月30日）

【采访】钮小明　全国政协委员，四川省人大常委会原副主任

　　这是一篇"千呼万唤始出来"的"千字文"。它虽然短，甚至是地方法规中最短的一个，但却是四川依法修志的先声。

　　《四川省地方志工作条例》作为全国地方志工作中第一部地方性法规，共设13条，仅有千字，是地方法规中最简明扼要的。它的多元意义不

四川省人大常务委员会教科文卫委员会、四川省地方志编纂委员会组织的宣传贯彻《四川省地方志工作条例》座谈会(2003年9月26日，成都)

言而喻。通过不断的学习、宣传和贯彻实施《四川省地方志工作条例》，将会进一步引起全社会对修志工作的关注。

【画面】蒋巨峰在宣传贯彻《四川省地方志工作条例》座谈会上讲话稿（特写）

【解说】

《四川省地方志工作条例》吹响了四川依法修志的集结号。时任省委副书记、常务副省长、省地方志编纂委员会主任的蒋巨峰在讲话中指出："《四川省地方志工作条例》的颁布实施，标志着四川省地方志工作步入法制化轨道，标志着我省依法治省工作又迈出了新的步伐""省政府准备尽快制定贯彻实施《四川省地方志工作条例》的细则，提出贯彻《条例》的具体措施。各级政府也要根据实际情况，提出贯彻《条例》的意见。"

【画面】中国地方志指导小组转发《四川省地方志工作条例》文件等

【采访】中国地方志指导小组办公室领导

《四川省地方志工作条例》开了全国各地依法修志的先河，在中国修志史上具有特殊意义。它的颁布实施，真是一石击起千层浪，不仅很好地推动了四川的地方志事业发展，而且对于国务院2006年出台的《地方志工作条例》与山西、吉林、安徽、山东等地人大常委会出台的地方性法规，不乏重要的参考意义。

【画面】全省学习、宣传、贯彻《四川省地方志工作条例》及专题培训（情景），《宜宾市〈四川省地方志工作条例〉实施办法》；四川省地方志编纂委员会（空镜），中国地方志指导小组办公室授予"全国第二轮修志工作试点单位"牌（特写），中国地方志指导小组授予"全国方志先进集体"牌（特写）

【解说】

《四川省地方志工作条例》的出台和学习、宣传、贯彻，把四川地方志工作推向了新的高度，使地方志工作者有了更多更大的冀盼。

【画面】中华人民共和国国务院令第467号，《地方志工作条例》，《人民日报》载《依法编纂，确保地方志质量——国务院法制办负责

　　人就〈地方志工作条例〉答记者问》（2006年5月31日）

【解说】

　　这个冀盼是禾苗对雨露的冀盼，是小草对春风的冀盼。

　　这个冀盼，终于大步流星走来，犹如进军的鼓点，给我们以铿锵的力量。

　　这个冀盼，定格在2006年5月18日。

　　这一天，让地方志工作者无法忘怀；这一天，温家宝总理签署了中华人民共和国国务院令第467号，即《地方志工作条例》。

　　这是新中国成立以来由国务院颁布的第一部地方志工作规章，这是中国几千年来依法修志的先声，这是新编社会主义地方志史上的一件大事，为中国地方志事业的腾飞筑起了长长的跑道。

【画面】四川省人民政府令第218号，《〈四川省地方志工作条例〉实施办法》，《四川日报》载《盛世修志，须树精品意识——中共四川省委副书记、常务副省长蒋巨峰答记者问》（2006年8月29日）

【解说】

　　依法修志的氛围弥漫巴蜀大地，地方志事业发展蒸蒸日上。《四川省地方志工作条例》的颁布，关键在于实施。

【画面】四川省人大教科文卫委、四川省地方志编纂委员会分组到市、县贯彻《四川省地方志工作条例》执法（场景），《人民权力报》《德阳日报》《巴蜀史志》等报道（叠拼）

【解说】

　　实践，检验了《地方志工作条例》《四川省地方志工作条例》《四川省地方志工作条例〈实施办法〉》的效应；实践，证明了法规、规章是社会主义方志事业发展的重要保障；实践，印证了依法修志是当代修志的特色。

【画面】《四川省地方志工作条例》（修订草案）文本，四川省人民政府关于提请审议《四川省地方志工作条例》（修订草案）的议案

【采访】四川省人民政府领导

四川省人大常委会副主任王宇坤（左起四）率队执法调研（2010年11月10日，成都）

我们强调依法修志，其实质就是强调用法规来规范行政权力的行使。依法修志有多方面的工作要做，但最重要的有两方面，一是严格依法依规决策，一是严格依法依规办事。《四川省地方志工作条例》的修订便正是如此。

【画面】四川省人大常务委员会，关于《四川省地方志工作条例》（修订草案）的说明，四川省第十二届人民代表大会常务委员会第四次会议（场景），钟勉作关于《四川省地方志工作条例》（修订草案）说明

【剪辑】四川省人民政府副省长钟勉作《四川省地方志工作条例》（修订草案）说明（视频数据）

主任，各位副主任，秘书长，各位委员：

我代表省人民政府，就《四川省地方志工作条例》（修订草案）（以下简称《修订草案》）作以下说明，请予审议。

四川省人民政府副省长钟勉在四川省第十二届人民代表大会常务委员会第四次会议上就《四川省地方志工作条例（修订草案）》修订的必要性、主要内容等作说明（2013年7月24日）

一、修订的必要性

2003年7月，省人大常委会颁布施行了《四川省地方志工作条例》（以下简称《条例》），是全国第一部规范地方志工作的地方性法规。《条例》施行10年来，对推动和规范我省地方志工作持续稳定发展起到了积极的作用。2006年5月，国务院颁布了《地方志工作条例》。随着《地方志工作条例》的施行和近年来我省经济社会和地方志事业不断发展，原《条例》已不能适应地方志工作需要，亟待修订完善：一是《条例》部分内容与上位法规定不一致；二是地方志工作完善法制保障的需求越来越高；三是经济社会发展对地方志工作提出了新要求、新任务，亟待规范。为了进一步促进地方志工作稳定发展，提高修志工作法制化、规范化水平，修订《条例》十分必要。

二、修订的主要内容

《修订草案》共二十七条，较原条例增加了十四条。修订草案严格遵循《中华人民共和国立法法》有关规定，注意同《地方志工作条例》衔接，力求使地方志工作各项规定符合四川实际。

……

《修订草案》连同以上说明，请一并审议。

【解说】

10年前，也就是2003年，《四川省地方志工作条例》的颁布施行，开了中国依法修志的先河，具有"一花引来百花开"的效应，在中国修志史上具有里程碑意义；今天，其修订仍然具有划时代的意义。

【画面】成都，《四川省地方志工作条例》《四川省地方志工作条例（修订）》，纪念《四川省地方志工作条例》颁布10周年暨《四川省地方志工作条例（修订）》颁布座谈会（场景），市、县级人大常委会和地方志工作机构学习宣传贯彻《条例》（掠影）

【剪辑】四川省地方志编纂委员会领导讲话（同期声）

同志们：

今天，我们在这里隆重集会，纪念四川省人大常委会《四川省地方志工作条例》施行10周年暨《四川省地方志工作条例（修订）》颁布座谈会。

这是四川方志发展史上的一件盛事，亦可以说是中国方志发展史上的一件盛事。因为四川方志是中国方志的一部分，因为四川方志发展史丰富了中国方志发展史。

……

【画面】风驰电掣的高铁、"神十"升空、手机智能等现代技术（叠加），成都市地方志办公室，成都市双流县、锦江区、新都区、彭州市地方志办公室的"数字方志馆"及在线修志，志鉴网上便民与服务社会等（场景），《成都市志·方言志》音频化演示

【采访】高志刚

这是一个关于读志智能化和传播智能化的全新概念。这个平台的搭建，对于读志科学普及具有重大意义。

（请其介绍成都市全国首个云计算平台"数字方志馆"建设的情况，《方言志》音频化演示，志书音频化以及与移动通信终端连接在手机上的使用）。

【画面】《四川省地方志信息化建设的意见》，地方志书及其地情资料的数字化成果（叠拼）

【采访】四川省地方志编纂委员会领导

（请其概括四川方志信息化建设总体思路和发展趋势）

【解说】

信息时代的崭新传播技术，不仅是新方志记载的客体，而且为地方志的传播注入了活力。

地方志书及其地情资料的数字化成果，既是地方文献保留的革新，又是地方文献记述的革新，丰富了第二轮编修地方志的传播方式，是地方志发展史上一次质的飞跃。

2010年，四川省地方志编纂委员会出台的《四川省地方志信息化建设的意见》便是四川省信息化发展的重要标志。

【画面】《四川省地方志工作条例（修订）》关于方志馆表述（特写），四川省方志馆新址，省地方志编纂委员会领导班子在方志馆新址前规划，四川省方志馆效果图，巴中市方志馆、南充市方志馆、平昌县方志馆等（掠影）

【采访】四川省地方志编纂委员会领导

站在这块生生不息的土地上，我们想得很多、很远。因为我们追溯的是方志四川代代赓续的历史，因为我们规划的是方志四川的美好未来，因为我们实施的是四川社会主义新方志的"千秋大业"！

（请其介绍四川省方志馆建设情况）

【解说】

方志馆建设是地方志事业发展的重要平台。它集图书馆、档案馆、博物馆、科技馆、地情中心等功能于一体，对于服务社会，激励人们爱家乡、爱祖国，继承和发扬中华文明等均具有积极意义。

【画面】中共中央《关于深化文化体制改革，推动社会主义文化大发展大繁荣若干重大问题的决定》，四川省委《关于实施文化大省向文化强省跨越的决定》，《三星堆图志》等一大批地情文化产品（叠加）

【解说】

　　好风凭借力，送我上青云。借助文化大发展大繁荣的强劲东风，地方志工作者努力作为，推出了一大批地情文化资料，以服务当代，服务社会，服务读者，特别是服务于汶川、芦山的抗震救灾。

【画面】《四川全图》彩绘本中的《汶川地图》（清乾隆时期绘本），

《四川全图》中的清代汶川彩绘图

《汶川县志》（1943年版）关于山川记述（特写），《汶川图说》（1945年版）（特写），四川地图中的汶川，地震前的美丽汶川，汶川在中国地图中（定格）

【解说】

"汶川之山，为蜀山之首。其川，则古所谓之江源也。"

在巴蜀大地中，汶川的山川就是这样一个值得关注的地方。然而，让汶川名声大振于中国、大振于世界的，却是那一场突如其来、惊心动魄的8级特大地震。

【画面】龙门山脉，"5·12"汶川特大地震（场景），汶川映秀遗址，举国同悲（情景）（辑影视资料）

【解说】

汶川，你向中国、向世界发出了十万火急的信息！

汶川，你牵动了党心、军心、民心！

"5.12"汶川映秀遗址

汶川，你深深地揪痛了中国人的心！

汶川，你使用的频率堪称中国汉语之最！

【画面】成都军区（空镜），成都军区司令部作战部感谢信（特写），四川省
地方志编纂委员会（空镜），《汶川县志》《北川县志》《青川县
志》《四川公路志》《四川省志·交通志》《四川省志·地震志》等
（叠加），《汶川特大地震四川抗震救灾志·抢险救灾志》（翻动）

【解说】

震后的第二天，也就是5月13日，成都军区测绘信息中心军事地理室
主任吴朝阳等4人来到四川省地方志编纂委员会，借走《汶川县志》《北
川县志》《四川公路志》《四川省志·地震志》等35种志书。成都军区司
令部作战部在制订那一个个抢险救灾方案中，若干重要数据便源自这些志
书。

【画面】解放军进入灾区，搜寻邱光华机组，分析次生灾害、历史地震情
况、人口发布等

【采访】吴朝阳　成都军区测绘信息中心军事地理室主任，高级工程师

这些志书对于部队分析灾区人口分布、政区情况、经济目标、历史上
地震情况以及搜寻邱光华机组等起到了很好的作用。在救灾中，部队首长
的一些决策便依靠志书中的数据而提出。

邱光华机组的空难揪痛军心民心。对其搜寻，我们从志书中找到若干
资料，特别是那些对复杂山川地理地貌的分析。

（请其讲述以志书为突破口搜寻邱光华机组鲜为人知的故事）

【画面】羌红，羌寨碉楼，北川老县城地震废墟（遗址），温家宝总理
"再造一个新北川"的指示

【解说】

震中虽在汶川，但最为惨烈的却在北川。北川老县城地震遗址是全世
界规模最宏大、破坏类型最典型、次生灾害最全面、原貌保存最完整的地
震灾难遗址，它甚至开中国因地震而重建一座新县城的先河。

【画面】北川县新城规划

【解说】

再造一个新北川的指示，使北川的灾后重建提到了国家级的议事日程。

温家宝总理来了，中国城市规划研究设计院来了，山东援建大军来了。

无数双眼睛期待着北川的凤舞九天，无数颗心祝福着北川的凤凰涅槃。

然而，县城和部分乡镇异址重建急需地方志书资料支撑，而北川的地方志书全被埋于地震废墟中。瞬间，北川集体失去历史记忆。怎么办？

【画面】北川县地方志办公室废墟，北川县地方志办公室临时办公地点，
北川县地方志办公室黄宪礼率3位同志在印刷厂赶校编排《石泉县志》《北川县志》和新编《北川县志》（情景）

"5.12"地震中的北川县地方志办公室

北川县地方志办公室为灾后重建赶印的志书

【采访】黄宪礼 北川县地方志办公室主任

这真的是十万火急。一瞬间，能留住北川记忆的志书无比珍贵，一书难求。

我们迅速从绵阳市地方志办公室借来清代乾隆和道光版的《石泉县志》以及民国时期和社会主义新编的《北川县志》，驻扎在绵阳一家印刷厂轮班督印，时间长达1个多月，终于将这3部旧志和新编《北川县志》送到了中国城市规划研究设计院、山东援建队伍、县委和县政府主要领导手中。

这些志书从不同角度，推进了北川县城和部分乡镇异址重建的选址进程，保证了异址重建工程的安全性；确立了北川产业灾后重建的重点；充分挖掘了北川"大禹文化""羌族文化""感恩文化"三大文化品牌，使之形成灾后北川旅游的三大支柱。

【画面】新北川崭新面貌（掠影）

【解说】

新北川的崛起，志书功不可没。甚至可以说，没有志书提供的海量数据，新北川的崛起将是事倍功半而不是事半功倍。

的确，新北川崛起的过程是不断读志和用志的过程。这个过程，堪称中国最典型的读志、用志！

是的，北川不会忘记党和政府，不会忘记山东的援建，不会忘记全国人民，不会忘记海外赤子；当然，北川亦不会忘记地方修志人那一片赤诚以及背后的那一个个感人至深的故事。

【画面】《北川县志》及其获奖证书，谢兴鹏照片

【采访】黄宪礼

新编《北川县志》曾获全国优秀地方志成果奖一等奖。然而，这部书稿和这部书的主编谢兴鹏却被埋于废墟之中。

来不及擦拭眼角的泪珠，也来不及再次哀悼长眠于废墟的同仁与亲人，我们便以最快速度来到了绵阳，来到了抢印《石泉县志》和《北川县志》的岗位上。

（请其讲述抢印《石泉县志》《北川县志》等4部县志的故事）

【画面】无数定格在2008年5月12日14点12分的时钟（重叠），抗震救灾与重建家园（场景），"5·12"汶川特大地震映秀震中纪念馆、"5·12"抗震救灾纪念馆、"5·12"汶川特大地震纪念馆、青川地震博物馆等纪念（博物）馆掠影中体现的时空隧道感及"5·12"汶川特大地震纪念馆主体建筑名"裂缝"的寓意：将灾难时刻闪电般定格在大地之间，留给后人永恒的记忆（掠影）

【解说】

是的，汶川不会忘记这一天，四川不会忘记这一天，中国不会忘记这一天，世界不会忘记这一天；是的，抗震救灾志将记录这一天！

这一天，有血，有泪，有大恸，有长歌，更有无疆的大爱与无限的感恩！

这一天，惊天动地；这一天，感天动地！

这一天，山川永纪；这一天，中国的国殇！

这一天，倒下去的是过去，站起来的是未来！

这一天，检验着中国的力量，更检测着四川从悲壮走向豪迈的能力！

【画面】王水奋笔疾书呈国务院关于编修《2008·中国抗震救灾志》的紧急建议，国家信访局给王水的复函，温家宝、马凯等领导在王水建议上的批示，关于编修《汶川特大地震抗震救灾志》的起因，

乐山市地方志办公室离休干部王水应国务院办公厅应急办之约，草拟抗震救灾志补充建议方案（2008年6月19日）

关于编修《汶川特大地震抗震救灾志》的几点补充意见；汶川特大地震抗震救灾志编纂委员会成立暨第一次全体会议及工作场景，汶川特大地震抗震救灾志编纂委员会办公室在四川成都召开《汶川特大地震抗震救灾志》篇目研讨会（场景）

【采访】王水　乐山市地方志办公室离休干部，副编审

在汶川特大地震面前，对于灾区，对于受灾的群众，每一个人都在思考"我"该做点什么。有人献血，有人义演义卖，有人长诗当歌，有人做志愿者，有人捐款捐物。

书画家说"秀才人情一张纸"。作为一个修志工作者呢？我想以志书的方式将其记录下来是最好的行为。因为它不仅能体现修志工作者的爱心，更可以帮助我们存史、育人、资政。于是，我有了向国务院写信从国家这个层面编修《汶川特大地震抗震救灾志》的想法。

（请其介绍给国务院写信的动机，国务院采纳建议后的感受，讲述建议过程中的故事）

关于编修《2008．中国 抗震救灾志》的紧急建议

马凯秘书长：

5．12 汶川大地震以及紧接其后的举国上下万众一心众志成城的抗震救灾行动，虽然目前还处于紧张有序高效的进行之中，但是已经有充分的理由肯定，这将是中国历史上极为重要的事件，它所表现出来的中华精神——党和政府的应对能力，全民团结一致共赴国难的气魄，惊天地泣鬼神的感人情节，所有这一切悲情壮举，都远远超越了时空与事件本身，将永远刻记在神州史册上。

现在，国家领导人及民众已经考虑灾后重建问题，并有地震博物馆与影像资料汇集的建议与行动。在这诸多精神与物质遗存方面，文字是决不可少的。以什么样的形式，以何种速度，形成文献，载入史册？作为一名多年从事史志工作的共产党员、离休干部，窃以为最适当的形式莫过于志书。志书的结构、体例，能够将这一伟大的历史事件，全面地、系统地、完整地、全景式地纪录下来，成为中华民族气壮山河彪炳千秋的壮丽诗史与不朽的丰碑。

大地震刚刚过去十多天，从现在起，立即追溯并跟踪记录，正当其时且刻不容缓。如此建议可取，请转呈温家宝总理，以国务院抗震救灾总指挥部名义进行商量，决议后付诸行动。如有垂询，当进一步提出策划和实施方案。届时，我愿作为一名老志愿工作者效力其中，以尽绵薄之力。

顺致

敬礼

四川省乐山市地方志编纂委员会办公室

共产党员 离休干部 王水

2008 年 5 月 26 日

联系电话：0833 6210022

13890656137

国务院办公厅文件

国办发〔2008〕121 号

国务院办公厅关于成立汶川特大地震
抗震救灾志编纂委员会的通知

各省、自治区、直辖市人民政府，国务院各部委、各直属机构：

为做好《汶川特大地震抗震救灾志》编纂工作，经国务院批准，成立《汶川特大地震抗震救灾志》编纂委员会（以下简称编委会）。现将有关事项通知如下：

一、主要职责

统筹规划、组织协调《汶川特大地震抗震救灾志》编纂工作，研究解决编纂和出版工作中的重大事项。

— 1 —

2008年5月26日，王水关于编修《2008·中国抗震救灾志》的紧急建议

国办发〔2008〕121号文件：国务院办公厅关于成立汶川特大地震志编纂委员会的通知

【解说】

这一天，修志人没有沉默，四川省乐山市地方志办公室离休干部、75岁的王水以一颗拳拳之心奋笔疾书，并向国务院呈上修志人的一份"陈情表"——关于编修《2008·中国抗震救灾志》的紧急建议，建议用志书的形式将"5·12"这一重大历史事件全面、系统、完整、全景式地记录下来，成为中华民族气壮山河、彪炳千秋的壮丽史诗。

【画面】王水书写有关抗震救灾诗（情景再现）及诗（特写）

【解说】

2008年11月6日，当应邀赴京出席《汶川特大地震抗震救灾志》编纂委员会成立大会时，作为一名方志人，作为一项国家级修志工程的倡议者，王水心潮逐浪，意驰千里，写下了"庙堂虚怀采众议，草野冒昧学卖瓜。临行老妻叮咛久，都门十月映晚霞"的抒怀诗。

【画面】汶川映秀、北川、青川等"5·12"汶川特大地震纪念（博物）馆（掠影），"万众一心，众志成城"（特写），"任何困难都难不倒英雄的中国人民"雕塑（特写）

【剪辑】四川省人民政府常务副省长魏宏讲话（同期声）

同志们：

省政府决定今天召开《汶川特大地震四川抗震救灾志》编纂委员会成立大会暨第一次全体会议，正式启动《汶川特大地震四川抗震救灾志》的编纂工作。

【画面】国务院办公厅关于成立汶川特大地震抗震救灾志编纂委员会的通知（特写），四川省人民政府办公厅关于组织编纂《汶川特大地震四川抗震救灾志》的通知（特写），四川省人民政府常务副省长魏宏在《汶川特大地震四川抗震救灾志》编纂委员会成立暨第一次全体会议上代表省政府发表重要讲话

四川省人民政府常务副省长魏宏主持召开《汶川特大地震四川抗震救灾志》编纂委员会第一次全体会议（2009年4月30日）

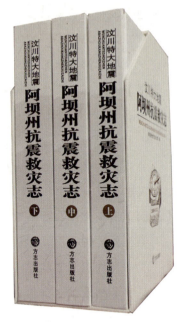

川府办发电〔2009〕44号文件：四川省人民政府办公厅关于组织编纂《汶川特大地震四川抗震救灾志》的通知

《汶川特大地震阿坝州抗震救灾志》（方志出版社，2013年7月）

【采访】四川省人民政府领导

　　为此，中华人民共和国成立以来的第一部由四川省人民政府组织编修的大型志书——《汶川特大地震四川抗震救灾志》拉开了序幕。编纂抗震救灾志意义十分重大：一是全面真实记述这场特大自然灾害的需要，二是展示和弘扬伟大抗震救灾精神的需要，三是充分记载灾后恢复重建的需要……

【画面】《汶川特大地震四川抗震救灾志》启动（情景），各种文件、编纂要求（凡例、行文规范、篇目）、简报等翻动，《汶川特大地震四川抗震救灾文献选》（特写），省、市、县出版的抗震救灾志成果（长编资料等）（叠加），石棉县各乡镇抗震救灾志（合卷）

【采访】四川省地方志编纂委员会领导

　　汶川特大地震抗震救灾志是一个浩大工程，仅省政府成立的汶川特大

汶川特大地震四川抗震救灾志编纂委员会编辑的《汶川特大地震四川抗震救灾文献选》（6种11卷）

地震四川抗震救灾志编辑委员会主持编修的《汶川特大地震四川抗震救灾志》便有《总述·大事记》《灾情》《抢险救灾》《医疗防疫》《赈灾》《灾后重建》《人物》《附录》8卷目，约1000万字，数千幅图片。

（请其讲述在编修《汶川特大地震四川抗震救灾志》中发生的感人故事）

【画面】《汶川特大地震四川抗震救灾志》《汶川特大地震成都抗震救灾志》《汶川特大地震阿坝州抗震救灾志》《汶川特大地震汶川县抗震救灾志》《汶川特大地震北川县抗震救灾志》等（叠加）

【解说】

为记录"5·12"这刻骨铭心的一天，修志人捧出了特别的地方志成果——抗震救灾志。

这是一个令中国、令世界均叹为观止的成果群，既包括省和6个市、40个县级政府与省级部门主持编修的抗震救灾志，又包括像石棉县每一个乡（镇）所编的抗震救灾志，字数逾亿，记录了四川从悲壮走向豪迈的过程，积累了抗震救灾的经验，展示了伟大的抗震救灾精神，堪称浩大的文化建设工程。

这个工程问道于斯，以启未来；这个工程史无前例，震天撼地！

【画面】《汶川特大地震四川抗震救灾志·人物》郎铮（"敬礼娃娃"）被救时敬礼的照片，郎铮在病床上向温家宝总理敬礼图片（辑录），《汶川特大地震四川抗震救灾文献选·艺文集萃》"敬礼娃娃背后的故事"，什邡县红白镇"感恩石"（特写）

【解说】

《汶川特大地震四川抗震救灾志》的记录几乎全覆盖，既有党和国家领导人这样的"大人物"，也有"敬礼娃娃"郎铮这样的"小人物"。

【采访】郎铮（"敬礼娃娃"）"5·12"汶川特大地震中被救儿童

在解放军叔叔救出我的那一刻，我真的好想哭，但却更想到了少先队员面向队旗时的敬礼。于是，我情不自禁地举起手来向解放军叔叔敬礼。虽然那时候我还不是少先队员，而是一个"敬礼娃娃"。

（请其讲述"敬礼"的心理活动）

【解说】

郎铮是一个可爱的羌族儿童。

郎铮有一个比他名气更大的名字："敬礼娃娃"。

"5·12"特大地震发生时，郎铮仅有3岁。在数不胜数的公众人物中，他的年龄最小。当郎铮把手庄严地举在太阳穴的一瞬间，便注定了他的名字走红大江南北，响遍五洲四海。

在地震的一片废墟前，他在敬礼解放军，他在敬礼拯救他生命的恩人，他在敬礼湛蓝湛蓝的苍穹，他在敬礼千金难换的自由，他在敬礼深深所爱的一切。他的这个敬礼是生命的歌唱，是涅槃的心声，是感恩的旋律。

【画面】若干"敬礼娃娃"，灾区无数少先队员感恩（场景），四川人感恩（场景），若干援建志书（掠影）

【解说】

是的，郎铮——"敬礼娃娃"——四川地震灾区少年儿童的代表。他那幼小的胸怀，竟有一个偌大的世界。那个世界，装满了感恩，弥漫着情慄，充盈着奋进。而这些泉涌般的感恩和情愫及奋进，正是四川人感恩和情愫及奋进的浓缩！

【画面】"敬礼娃娃"作品所获若干奖证，《敬礼娃娃背后的故事》"如果让我在获奖和不发生地震中选一项，我肯定选择后者"（特写）

【采访】杨卫华　绵阳日报社图片新闻部主任

用镜头捕捉到"敬礼娃娃"瞬间的举止，是一种莫名的偶然，当然也是我的幸运。这幅作品以《生命的敬礼》为名获得了第九届上海国际摄影艺术展纪实类金奖。

后来，又获得其他各类大奖。尽管如此，我心里依然是沉甸甸的。如果让我在获奖与不发生地震中选一项，我肯定选择后者。

（请其介绍拍摄"敬礼娃娃"一瞬间的创作心理活动）

【画面】叠溪海子（掠影），地震碑（掠影），《"5·12"抗震救灾指挥部成员大事记》《汶川特大地震四川抗震救灾志》和省级部门及有关市（州）、县（区、市）抗震救灾志（掠影）

【解说】

地震是一种自然灾害，甚至不可以避免，但我们却对生命充满敬畏，对脚下的这一方丰腴的土地注入虔诚，对仰望的那一片蓝天顶礼膜拜。而编纂《汶川特大地震四川抗震救灾志》和相关志书及资料正是为了保存灾难历史，科学地总结抗震救灾，为今后的减灾防灾工作提供决策依据，把灾难降到最低限度；甚至为中国乃至世界其他国家和地区的科学救灾、科学援建、科学发展等提供有益的借鉴。

【画面】古城雅安芦山，"4·20"芦山7级地震（场景），芦山县地方志办公室搭建的"帐篷方志馆"及深入军营等，搜集资料（场景），《"4·20"芦山7级地震大事辑要》《"4·20"芦山强烈地震芦山抗震救灾志》《姜城春秋》，雅安市及所辖县（区）出版的"4·20"芦山强烈地震志（叠加）

【采访】刘照辉　芦山县地方志办公室主任

方志如何为抗震救灾和灾后重建服务？这是方志人在大灾大难中必须

思考和回答的问题。灾后的第三天也就是4月22日，县城迎宾大道上搭起了一座抢眼的帐篷，那就是我们的"帐篷方志馆"。

"帐篷方志馆"成为芦山当时搭建的众多帐篷中的一道特殊风景。在一个多月时间里，提供地情文献查阅和咨询服务竟达3500多次。

（请其讲述"帐篷方志馆"里发生的感人故事）

【画面】芦山老县城灾后重建，芦山县旅游业发展总体规划及若干项目规划（叠加），"4·20"灾后重建规划馆文本（掠影）

【采访】刘照辉

灾后的芦山，地方志办公室可是一个"香馍馍"，经常是你方走出他即来，甚至门庭若市，应接不暇。我们先后接待了43家规划设计单位，提出灾后重建项目的规划设计方案意见或建议，其中有价值的史料就有123件。

【解说】

如果说5年前的汶川特大地震对四川方志人是一个严峻的考验，那么5年后的芦山7级地震对四川方志人依然是一个严峻考验。地震发生后，芦山县地方志办公室以方志为媒，主动作为，为抗震救灾和灾后重建交出了一份动人情怀的答卷。他们所搭建的"帐篷方志馆"给芦山人和设计单位留下了挥之不去的印象，他们所提供的地方志资讯为依然美丽的芦山增添了一抹秀色。

【画面】地震活跃的国家和地区及其地震（掠影）

【解说】

在我们这个地球中，地震是一个不可以避免的自然现象。我们编纂抗震救灾志就是为了记录灾情，记录中华民族抗震救灾的精神，为不同国家和地区的抗震救灾与灾后援建提供更为理性的、科学的、有效的借鉴，以使我们脚下的这片土地更美丽。

【画面】台湾日月潭、阿里山，台北市文献委员会，高雄市文献委员会，台湾省文献委员会，台湾地区方志成果群，《中国地方志总目提要》（上中下），《巴蜀史志》（1998年第1—2期，介绍台湾修志情况）与台湾高雄市《高市文献》（1999年第1期，介绍四川

四川省地方志考察组参访台北市文献委员会（2011年8月29日）

四川省地方志考察组参访台北傅斯年图书馆（2011年8月29日）

修志情况）（叠加）

【解说】

台湾自古是中国的一部分，有着编史修志的优良传统，仅清代康乾年间就编修了《台湾府志》6部。如今，台湾修志盛行，台北、高雄、台中均有专门机构，出版了《台北市志》《高雄市志》《续修高雄市志》及县、区、乡、镇志等一大批方志成果。

"潮平两岸阔，风正一帆悬。"两岸同文同种，所进行的方志文化交流，堪称中国地方志成果群纷呈的另一枝奇葩。

【画面】汪毅在台湾交流照片，有关出版的期刊和文集及《台湾文化之旅》中关于与台北文献会的交流，《四川省志》与《台北市志》的成套交换，《巴蜀史志》与《台北文献》的交换

四川省地方志考察组在台北"故宫博物院"与周功鑫院长等交流（2011年8月30日）

四川省地方志考察组参观访问台北"故宫博物院"（2011年8月30日）左起：何传馨、马兴隆、李天鸣、郭杨、冯明珠、马小彬、周功鑫、汪毅、许登义、蔡玫芬、刘启蓉、李志华、黄丽、何瑞明

四川省地方志考察组在台北"故宫博物院"文献处考察（2011年8月30日）

四川省地方志考察组参观访问台湾"国家图书馆"（2011年8月30日）

四川省地方志考察组参观访问"国史馆台湾文献馆"（2011年8月31日）

【解说】

四川省地方志编纂委员会的汪毅，是较早赴台湾交流方志文化的修志工作者。1996年6月，他到台北市文献委员会交流，建立四川和台北地方志期刊和志书交换关系，进行了两岸方志的交流，被称作"大陆来访的第一位修志工作者"。接着，四川、台湾两地的地方志期刊《巴蜀史志》与《台北文献》《高市文献》互动，开启了两岸介绍修志情况的先河。

然而，掀开四川省地方志组团赴台湾交流崭新的一页，时间却在2011年8月。

【画面】四川赴台进行地方志学术交流（场景）（台北"故宫博物院"、台北文献会、"国家图书馆""国史馆台湾文献馆"等），《四川省地方志协会考察组赴台考察综述》（翻动）

【采访】四川省地方志学会领导

（请其简介四川省地方志学会，讲述在台湾交流地方志的故事，包括介绍台湾收藏四川地方志情况）

【解说】

这是一次难得的地方志文化交流之旅，具有"破冰"意义。

四川与台湾的地方志交流，开启了川台地方志的新篇章。这对于台湾从地情角度全面认识四川，特别是四川交通方面起到很好作用。

【画面】四川省交通厅（空镜），交通史志成果群（特写），交通厅史志总编室获省级精神文明单位奖牌和全国、省地方志先进集体（单位）奖牌及修志试点单位挂牌（掠影）

【采访】黄丽　四川省交通厅史志总编室总编，四川省地方志学会副会长，编审

"蜀道难，难于上青天。"从诗人李白笔下的"蜀道难"到今天的"蜀道畅"，这是一个质的飞跃，一次伟大的凤凰涅槃。而记录这一切的一切，正是这一本本志书和年鉴。

（请其介绍部门所出版成果群的亮点和影响，讲述以志书年鉴服务交通业，从根本解决"蜀道难"的感人故事）

四川省交通厅史志成果及获奖

【解说】

　　修志书、编年鉴和出版地情书，不仅是省、市、县三级地方志工作机构的职责，还涉及省、市、县各级其他部门，故地方志成果具有海量和社会性特征。

　　四川省交通厅史志总编室自1985年成立以来，编辑成书8大类逾100部，获国家、省级奖30余项，分别被中国地方志指导小组和四川省人民政府授予"先进集体"和"先进单位"称号，是全国地方志系统唯一获省级文明单位的部门。其社会影响，从车载斗量的成果群中可窥一斑。

【画面】 方志理论研究成果、获奖成果，省、市、县三级地方志期刊（叠加），四川省地方志编纂委员会、四川省地方志学会《关于申报2013年度地方志理论研究课题的通知》，课题成果（叠加）

【采访】 四川省地方志学会领导

　　（请其介绍地方志理论研究情况、成果、影响及四川地方志学科体系建设）

四川省地方志期刊座谈会（2012年9月，成都）

四川省地方志协会第六届二次理事会（2006年11月，成都）

已出版的《四川省志1986—2005）》（部分）

四川方志馆

已出版的部分省市县级地方综合年鉴

四川省地方志编纂委员会编纂的《三星堆图志》获四川省人民政府第十二次哲学社会科学优秀成果一等奖（2007年4月）

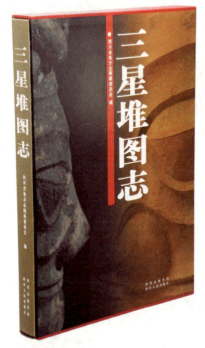

四川省地方志编纂委员会编的《三星堆图志》

【解说】

没有修志的理论，就不可能科学地指导修志实践。

社会主义新方志横陈百科，包罗万象。其规模和影响，是历史上任何一个时期无法比拟的。原因之一，在于它的理论研究更具有广度和深度，在于它有理论研究作为支撑。

省、市、县三级地方志机构所办的地方志期刊是地方志理论研究成果展示的载体，各类地方志理论专著是地方志理论研究的展示。

【画面】截至2014年出版的省、市、县三级各类志书和地方、部门年鉴及省、市、县三级地

四川省地方志编纂委员会被中国地方志指导小组评为全国方志先进集体（2005年12月）

中国地方志指导小组将四川省地方志编纂委员列为全国第二轮修志工作试点单位（2004年5月）

方志期刊与其他地情成果，数据库建设，获奖证书等（叠拼），《四川省地方志事业第十二个五年发展规划》等

【解说】

"墨香笔下史，篇篇壮丽诗。"第二轮修志虽然还在进行中，但其成果已是洋洋大观，堪称一个让人瞩目的文化成果群。除"志"这个硕大的成果群，还有"史"的成果群。

【画面】《四川省地方志工作条例》第二条"本条例所称地方志，包括地方志书、史书……"（特写），《〈四川省地方志工作条例〉实施办法》第二条"本实施办法所称地方志，包括地方志书、年鉴……"（特写）

【解说】

社会主义新方志的时代特点之一便是：地方志的外延扩大了，不仅修志，而且修史，可谓史志双修。

【画面】四川省政协（空镜），《四川当代史》提案，《四川当代史》编纂启动会及文稿（叠加），会议讨论（场景）

四川省地方志编纂
委员会编的《地方志工
作文献选》《四川省地
方志论文选》

【采访】章玉钧

地理中有一个名词叫"纵经横纬"。这个概念，颇能诠释史与志的关系。史的记载是纵向的，志的记载是横向的，可谓"横断之史"。这一纵一横，构成了史与志的特征，具有互补性。所以，地方志工作机构的史志双修具有意义。《四川当代史》的编修，正是源于《四川省地方志工作条例》的规定。

《四川当代史》约400万字，堪称鸿篇巨制，是地方志成果群中的一朵奇葩。

（请其介绍《四川当代史》的规模、编修情况并讲述相关的故事）

【画面】各种类型的志书（掠影），国家方志馆四川区域（掠影）

【解说】

是的，姹紫嫣红的地方史志成果群在中华书籍百花园中一枝独秀，颇

四川方志馆一隅

马识途先生为"四川方志馆名人名作珍藏馆"题写馆名一隅

能体现"治天下者，以史为鉴；治郡国者，以志为鉴"的传统。

这个成果群科学分类，内容纵横捭阖，有谈方志发展史的，有说方志学基础理论的，有讲方志编纂方法的，有言方志文化的，有道方志评论的，有论方志管理的，有议志书大事记、概述、人物各部类撰写及总纂的。其形式异彩纷呈，有通志类、编纂类、论文类、目录类、人物类、纪实类、辞典类、资料汇编类，等等。

这个成果群有一个重要标识，就是它具有的鲜明的时代特性，即坚持了唯物史观和辩证方法论，不仅有继承，更有扬弃与创新，为建立马克思主义指导的新方志理论体系奠定了坚实基础。

这个成果群，既是对中国地方志文化的一个补充，又是对中国方志学的伟大贡献！

这个成果群，是一道独特的文化风景线，是四川最大的文化建设工程之一，更是代表中国先进文化的组成部分，越来越被人们所认识和关注，甚至被收藏。

【画面】四川方志馆名人名作珍藏藏品，省级领导对地方志题署；马识途题四川省地方志成果展，在四川省新编地方志成果展厅留影，在四川省第六次地方志工作会上

【采访】叶红　四川省地方志编纂委员会省情信息工作处原处长，副研究馆员

为此，我们在四川方志馆开辟了四川名人名作珍藏馆，意在收藏四川有代表性的艺术家的签名作品，包括他们对22世纪的美好愿景。目前，收藏有马识途、王火、流沙河、何郝炬、柳成伟、阿来等人的作品。

【采访】马识途　四川省人大常委会原副主任，《四川省志》审核委员会原成员

【剪辑】马识途讲话（同期声）

编修地方志是一件非常有意义的事情。每一次开省志会，我都参加。

（视频数据采集见已辑音像资料）

马识途先生为《四川
二十二世纪愿景》册页题写
书名并首写愿景

【画面】四川省志编纂委员会主任委员、副主任委员、委员名单中委员马
　　　　识途名字（特写）

【解说】

　　64年前即1960年，马老就是四川省人民委员会任命的四川省志编纂委
员会委员。

　　在任命的65名委员中，目前仅有马老健在，令人感慨。他不仅是四川
地方志的福音，更是四川文化的宝贵财富。

【画面】马识途近影及在京百岁书法展（掠影），方志馆名人名作珍藏馆
　　　　及《马识途文集》（叠加）

【解说】

今年百岁的马老，投身革命即为家。新中国建立前，曾经参加过"一二·九"学生运动，领导过"一二·一"反内战、争民主的爱国民主运动，长期坚持党领导的地下斗争。

马老还置身中华文化，创作了500万字的文艺作品，用革命文学激励了至少两代人。他既是20世纪四川文化名人的代表，又是四川地方志工作的热情推动者。

鉴往开来，温故知新。见证了百年历史变迁的马老，除了对已过去的20世纪充满感慨，更对迈步走向的22世纪倾注愿景，并发之心声。

【画面】马识途题署"温故而知新，鉴往以开来"（场景），所书22世纪
愿景："当今世界，瞬息万变。百年后事，谁能预知？但无压
迫、剥削、战争、瘟疫，永享民主、和平、康乐。人与人，与自
然和谐共处，齐跻于大同世界，则为人类共同之愿望。故书礼记
天下为公，以为下世纪之愿景。"

（同期声及视频数据见已辑音像资料）

马识途先生（右）为"四川方志馆名人名作珍藏馆"题词"温故而知新，鉴往以开来"

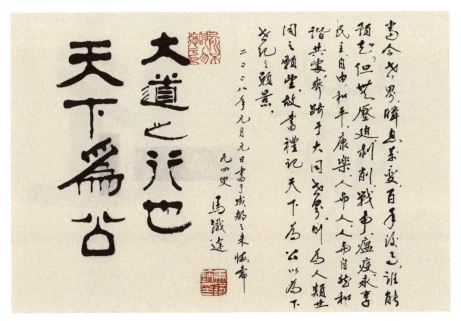

马识途先生所写《四川二十二世纪愿景》

【解说】

是的，方志是历史的回声，空谷留音；是的，方志是未来留下的纪录，华章粲然！

"天下为公""世界大同""环球从此凉热"，既是伟大的中国梦，又是孙中山、毛泽东、邓小平等一代又一代民主先行者的上下求索。而记录这个大道之行，开启未来，正是我们方志人的守望，亦是我们方志人的愿景，更是我们方志人崇高的使命！

【画面】2014年2月25日，习近平参观首都博物馆历史文化展览，"要在展览的同时高度重视修史修志，让文物说话，把历史智慧告诉人们，激发我们的民族自豪感和自信心，坚定全体人民振兴中华、实现中国梦的信心和决心"（特写）

【剪辑】习近平2014年2月25日在首都博物馆讲话（同期声）

【解说】

地方志凝聚了历史智慧。读志、传志、用志既是中华民族的优良传

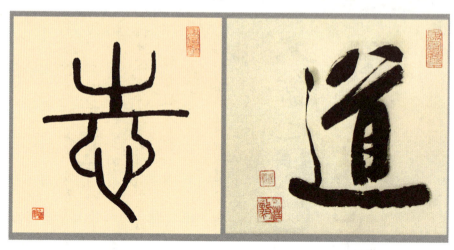

志、道　志：文字记录；道：从头开始行走，方向也。

统，又是我们提升实现中国梦和现代化能力的有效途径。

【画面】第五次全国地方志工作会议（特写）及传达、贯彻该会议（掠影），李克强"修志问道，以启未来"（特写），地方志精神核心词："为国修志，敬业奉献，存史资政，传承文明""发掘巴蜀文化遗产，弘扬民族时代新风"（特写），《四川省地方志事业第十三个五年发展规划》（特写），"志""道"由远及近（特写）

【采访】四川省地方志编纂委员会领导

　　执著守望，辛勤耕耘；修志问道，以启未来。对四川地方志工作的发展，对四川地方志事业的未来，我们有憧憬，我们有努力，我们更有担当和奉献。因为这个未来璀璨夺目，有如别样红的映日荷花……

【画面】"接天莲叶无穷碧，映日荷花别样红"；"浮香绕曲岸，圆影覆华池"。满池荷花，荷香四溢；浩瀚志书（含其他地情资料），书香氤氲。（定格）

【主题歌】《地方志工作者之歌》

[本（全）集完……隐黑]

附录：

地方志工作者之歌

（领唱、合唱）

汪 毅 词

李景铄 曲

1=A 2/4

辉煌、气势磅礴

（男领）我 们 修志 人，志苑 耕耘 者

（女领）我 们 修志 人，志苑 拼搏 者

历 史 重 任 挑 肩 头。

文 化 工 程 建 在 手。

记人物、录 史 事，秉笔直书 写春 秋；写春秋；编地 情，修 方志，

存国 史、资 国 政，中华文明 源远 流；源远流；鉴远 古，知当 今，

写不尽 时代风 流。 时代 风 流。

颂不完 笔下春 秋。 笔下春 秋。

合唱

女声：忆 千 年，蓦 回 首，历史因我们 书写好富有。

　　　跨 世纪，朝 前 走，未来因我们 书写多锦绣。

男声：忆 千 年，蓦 回 首，历史因我们 书写好富有。 忆千

　　　跨 世纪，朝 前 走，未来因我们 书写多锦绣。 跨世

忆千年，蓦回首，历史因我们书写好富有。
跨世纪，朝前走，未来因我们书写多锦绣。

年，蓦回首，历史因我们书写好富有。
纪，朝前走，未来因我们书写多锦绣。

男女高：忆千年，蓦回首，历史因我们
跨世纪，朝前走，未来因我们

男女低：

书写好富有！书写好富有！书写多锦绣！
书写多锦绣！书写多锦绣！

（载《巴蜀史志》2000年第5期，《中国地方志》2004年第2、10期等期刊）

关于《方志四川》的说明

一

四川是修志大省，历史悠久，史（志）家辈出，成果累累。

在代代赓续的修志发展史上，中国"最古以志名书者，首推常璩《华阳国志》"。

清代和民国时期，四川修志成果的数量分别占全国志书成果总数的十二分之一和十分之一（清代全国志书成果5685种，四川为477种；民国时期全国志书成果1571种，四川为163种），为蝉联冠军，领跑中华方志界。

社会主义新方志的第一轮成果总数，四川达13000余种，依然领衔全国各省市区。由此得出结论：清代、民国、新中国的修志，四川可谓中国志坛的"三连冠"，为中华修志文明史做出了重要贡献。

今天，地方志早已不再是一部书的概念，而是一项工作、一项事业，更是社会主义文化大发展、大繁荣的重要组成部分。特别是社会主义地方志工作和事业，凸显了时代特征：依法修志（无论是《四川省地方志工作条例》的制定还是修订，四川均领跑全国）、数字化建设、方志馆建设、记述内容的多元化等，成果超越旧志若干倍。

通过宣传，释放方志文化的正能量，发挥其存史、资治、教化的功效，以体现习近平总书记在主持中共中央政治局2013年第十二次集体学习时，就围绕"努力夯实国家文化软实力根基、努力传播当代中国价值观念、努力展示中华文化独特魅力、努力提高国际话语权"以及要"努力展示中华文化独特魅力，要系统梳理传统文化资源，让收藏在禁宫里的文物、陈列在广阔大地上的遗产、书写在古籍里的文字都活起来"所做的精辟阐述，以落实李克强总理对第五次全国地方志工作会议所作"修志问道，以启未来"的批示。这亦非常契合最近召开的全国、四川省宣传思想工作会议精神。

电视纪录片集音像于一体，是一种直观有效的传播方式。以此展示和传播方志四川历程，保存民族记忆，传承民族历史文化，体现修志人的文化自信和进一步拓宽文化视野，具有多元意义。这些意义有：方志传播的意义、社会观众普及的意义（包括以后方志馆的传播）、地方志系统培训的意义（可作为音像教材）、爱国主义教育的意义、服务当今"五个文明"建设的意义、凸显习近平总书记于2014年2月在首都博物馆考察调研时强调的"要在展览的同时高度重视修史修志"的意义等。

二

2008年，中国地方志指导小组办公室举全国方志界之力，组织创作了10集纪录片《方志中国》。2010年，中央电视台播出此片，影响甚广，特别在中国方志界。若干省地方志工作机构为此纷纷动议仿效拍摄本地区方志纪录片，但结果却囿于难度而纷纷放弃。这个难度在于：一方面，资料浩如烟海，钩沉不易；另一方面，有的资料散失殆尽，寻觅维艰；再一方面，其创作既需要熟悉中国方志发展史，更需要熟悉本省方志发展史，特别是要找到每一个重要修志历史阶段的节点，以深入浅出地将其与电视纪录片表现形式作二维结合。

《方志四川》是四川地方志宣传的一个突破，其创作和组织方式不乏代表性（工作宣传片不在此讨论范畴）。它的探索意义和示范效应将客观存在于方志界，并产生积极影响。

三

《方志四川》体现了纸上（书籍）和立体（影片）的四川方志馆意

识。

《方志四川》其实是如数四川方志家珍的纪录，既有"大江东去"的抒发，又有"小桥流水"的聚焦。

《方志四川》共4集。其中，《醇香世界》《魅力天地》各分上、下集。前者上集展示四川民国以前的方志史（包括故事），下集展示四川民国时期的方志史（包括故事）；后者上集展示社会主义新方志中的第一轮修志，下集展示第二轮修志。在有限的4集片子中，这个承载无疑相当沉重，因为人们对此的期望值很高。

在创作上，文本一方面要满足方志界说"事"的需求，即展示方志事业发展的需求，另一方面要满足社会一般观众对方志故事或稀奇事的需求（包括导演的表现思维和行为方式），这就注定了某些尴尬。其间的平衡，即纵说方志史事与横说方志故事往往是二律背反，颇考手艺且难以两全其美。

四

方志四川源远流长，波澜壮阔，内容宽广，信息海量，解读纷繁。其表现难度：一是需要以文化作视野，以历史发展为脉络；二是应具备方志四川发展的整体性，又需要强调纲举目张，有机地"串起"或凸显发展中的节点（这是颇让人战战兢兢如履薄冰的。因为有的节点解读的版本云环雾绕，只能从文献中厘清），以不至于成为一本流水账而不得要领；三是必须具有一定的故事性，以不至于千篇一律地说教（如果仅以故事拍片有时会显得小家气和零碎，不足以展示方志四川的恢宏，属于另一种思维范畴的选题）；四是必须强调"镜头感"，即画面表现的立体思维；五是必须强调应有的文化品格和文化视野，走出《方志中国》模式，尽可能解决好方志四川发展史与其中故事的兼容关系，努力凸显地方志事业发展的时代特色，使文字和画面水乳交融，具有较强的表现力和视觉冲击力，形成独有的审美判断和价值判断。

五

电视纪录片是一个综合艺术体，需要文本的一度创作和拍摄的二度创作。两度创作之间，不乏差异，特别是采访内容及其延伸与解说内容，以及片子剪接的角度等。鉴于此，文本在表现上尽可能立意高远，尽可能构架科学，尽可能挖掘鲜为人知的资料，尽可能注意语境的张力和抒情性，尽可能强化细节的感染力和亲和力，尽可能注重表现技法的多元（如同期声及其组合、情景再现、动画等），尽可能注重传播形式的生动活泼，尽可能做好凸现史事表现的"加减乘除法"，尽可能强调与拍摄相结合，尽可能利用已有的音像资料而降低拍摄成本。

六

为体现电视纪录片的形式感，便于内容的讨论和拍摄（包括降低拍摄成本），笔者在文本中进行了若干带有主观性的设计和构架（拍摄时可作调整），如画面、采访对象（包括关系的平衡）、解说词、剪辑（同期声）等，甚至不惜强调史事之间的联系和突出关键节点，借助流行的"口述史"表现方式，或"以人系史"或"以人系事"，展示方志四川一路走来的历程（包括方志人对方志固有的情怀），实现创作初衷。

七

作为表现一个行业（地方志）的纪录片，虽然无法达到像《川魂》《话说长江》等经典纪录片的水准（包括组织力量和综合投入及题材本身所具有的开放性），但作者仍然努力强调了文本形式表现的大气与内容表达的文学性，使两者结合趋于完美。

八

剧本乃一剧之本。剧本固然重要，但导演从一定意义上讲更为重要，特别是在大局的谋划、内容展示的开阔、人物采访的深度挖掘、片子剪辑的技巧等方面。导演对于剧本内容的采纳有限，或取或舍，即他必须从题材的文化视野和影视角度进行二度创作。同样的剧本，不同导演导出来的片子差异颇大，甚至南辕北辙。因此，选择好导演（包括对其尽可能地主动影响甚至"施压"）对于作品的成功打造举足轻重。

<h2 style="text-align:center">九</h2>

《方志四川》文本配上相关图片（特别是鲜为人知的历史照片），可以编辑成书出版。在众多地方志的出版物中，此选题具有唯一性，而且具有开先河意义。

在传播使用上，《方志四川》一书既可以作为地方志系统培训教材内容的补充，又可以走向市场（发行对象为地方志系统、图书馆系统、地方志爱好者、国外收藏地方文献机构等）；既可以作为地方政府、地方志工作机构对外文化交流的礼品，又可以对其他省（市、区）欲创作和拍摄方志文献片提供参考，甚至还可以供各级方志馆的设计作参考。

<h2 style="text-align:center">十</h2>

如果说《方志四川》一书搭建了四川"纸上的方志馆"，那么其纪录片应该搭建了四川"立体的方志馆"。二者具有等同意义并相得益彰，臻于完美。

（载中国社会科学网，2014年6月15日。标题为：《方志四川——搭建四川"纸上的方志馆"》）

后 记

　　1996年1月，我由文化部门调入四川省地方志编纂委员会工作。期间，撰写的论文有谈地方志文化的，有谈地方志工作条例的，有谈地方志期刊的，有评论志书的。2013年初，马小彬先生建议我写一部反映四川方志的文献纪录片，以此形式宣传代代赓续的四川方志。其因是，我曾参与中国地方志指导小组办公室组织的10集文献纪录片《方志中国》的创作。对此建议，我缄口未答，因深知这是一桩"苦差事"，即不仅难度系数大，而且众口难调。踟蹰半年，终下决心。原因是，在职且经历过四川省第一二轮修志工作的同志已为数不多，有的记忆会"黄鹤一去不复返"。而我正好有此工作经历，且一直在管理和业务岗位上，甚至有时直接在重要环节或决策层面上，积累有若干信息和资料。

　　2013年8月，我开始《方志四川》写作的"文化苦旅"，包括其说明和拍摄策划案的草拟。迄今脱稿，不乏"一年磨剑"之慨与"十月怀胎，一朝分娩"之感。检索我的写作历程，此文本写作耗时最长（基本上耗去一年的双休日）、查（购）资料最勤（或档案馆，或图书馆，或旧书摊，或网购）、修改（补充）最多（达5稿）。的确，方志博大精深，让我心中充满敬畏。

　　《方志四川》写作的过程是我学习地方志的过程，亦是我从事地方志工作的一个"交代"和一种眷念，因为一年后我便卸甲离任。

　　《方志四川》是四川省地方志理论研究的课题之一，得到了四川省地方志编纂委员会和四川省地方志学会的支持，一是纳入了课题管理，二是为文本的完善组织专家召开了讨论会。四川省档案馆、高县档案馆、四川省图书馆、南充市图书馆与伍松乔、王嘉陵、罗缵沅等朋友提供了相关图片。国家图书馆出版社对本书出版给予了支持。这都是我要由衷感谢的。

2014年8月于成都